Juliette Groß

Heute keine Kekse

Juliette Groß

HEUTE KEINE KEKSE

Roman

Osburg Verlag

Obwohl diese Geschichte auf einer wahren Begebenheit beruht, sind Figuren und Handlung erfunden.
Wirklichkeit spielt keine Rolle.
Das ist wie im Theater, alles nicht echt.

Erste Auflage 2019

www.osburgverlag.de

Lektorat: Bernd Henninger, Heidelberg
Umschlaggestaltung: Judith Hilgenstöhler, Hamburg
Satz: Hans-Jürgen Paasch, Oeste
Druck und Bindung: CPI books GmbH, Leck
Printed in Germany
ISBN 978-3-95510-198-5

Für Klara

Wir liegen auf dem Boden. Wir liegen in zwei Sonnenfenstern auf dem Boden in deinem Zimmer. Wir sonnen uns, es ist Winter. Wir schweigen und wir reden. Über das Leben, über die wichtigen Dinge. Leben und Tod und so. Wir finden uns ziemlich klug. Im Ghettoblaster laufen die Stranglers, »Strange Little Girl«. Wir reden über das Schlimmste. Was ist das Schlimmste, was einem passieren kann? Ist das der Tod? Was ist schlimmer, geistig oder körperlich behindert zu sein? Du sagst körperlich, ich sage geistig. Du sagst, wenn man geistig behindert ist, merkt man's ja nicht selber, ist nur für die anderen schlimm. Man selber kann dabei glücklich sein. Daran glaube ich nicht. Ich verteidige das wache Bewusstsein. Du erzählst vom Leid. Wenn der Körper nicht mehr deiner ist, wie schlimm das sein muss. Ich verspreche dir, wenn du jemals in solch einer Situation sein solltest, werde ich dir helfen, ich werde dich erlösen. Wir haben Sex oder das, was wir uns darunter vorstellen, wir sind 15 Jahre alt und unsterblich. Dann geht die Sonne weg.

Frühe Einsichten

Käse. Du öffnest deine kleine Tupperdose in der Pause und bist enttäuscht. Ich frage dich, wieso du nicht weißt, was du dir morgens für Brote schmierst. Wie kann man so was vergessen, Gedächtnisverlust mit 18? »Wieder Käse«, sagst du. »Tu doch morgen Wurst drauf, wenn du Käse nicht magst.« »Die schmier' ich doch nicht selber, das macht mein Vater.« Ich frage dich mehrmals, ob das dein Ernst ist, dass dein Vater dir die Schulbrote schmiert. Wie kann man so unselbständig sein. »Deinen Popo machst du schon alleine sauber?« Du findest, dass das überhaupt nichts mit Unselbständigkeit zu tun hat und meine Bemerkung nur zeigt, dass ich ein Schulbrottrauma habe, weil ich mir meine Brote selber schmieren muss. »Das ist eine Serviceleistung meines Vaters, mehr nicht.« Ich biete dir einen Brotetausch an, willst du aber nicht.

Mutprobe. Da ich in der Siebten neu in der Schule bin, muss ich vieles lernen. Vorher war ich in einer super alternativen Schule, wo alles total selbstbestimmt ist. Man konnte machen, was man will. Die gehen davon aus, dass jeder Mensch lernen möchte, Zwang gibt's nicht. Das geht meistens auf, bei mir ist es aufgegangen. Auf jeden Fall gehe ich gern zur Schule. Ich gehe sogar gern zur neuen Schule, obwohl da alles anders ist. Die neue Schule ist nicht super alternativ, sondern nur ein bisschen alternativ. Eigentlich sehen die Lehrer alternativ aus und es ist alles genauso wie in jeder anderen Schule auch. Aber das ist jetzt mal ein anderes Thema. Ich bin also in der neuen Klasse, in der du mir sofort aufgefallen bist, und ich versuche, mich an das zu gewöhnen, was hier so läuft.

Zum Beispiel Unterrichtszeiten. Kannte ich nicht. In der alten Schule habe ich so lange an etwas gearbeitet, bis es fertig war. Mathe habe ich nie gerne gemacht, deswegen braucht das länger. Und deswegen höre ich jetzt: Du musst die Matheaufgaben weglegen, wir machen jetzt Deutsch. »Geht nicht, bin noch nicht fertig«, sage ich. Dann mache ich weiter, bis ich fertig bin. Und irgendwann muss ich auch mal Pause machen. In der letzten Pause, die man an so einem DingDangDong erkennt, sind alle rausgelaufen. Ich natürlich nicht, ich war ja noch nicht fertig mit Mathe. Aber jetzt, jetzt bin ich fertig und ich brauch jetzt wirklich 'ne Pause. Ich finde die neue Schule anstrengend. Alle sind gestresst. Ich stehe dazwischen und denke, aber lernen ist doch was Schönes.

Nicht alle finden, dass Lernen was Schönes ist. Aber ich finde Lernen schön, die Menschen um mich rum finde ich schwierig. In der neuen Schule gibt es ein Spiel, das heißt Kneifen. Die Lehrer dürfen nicht wissen, dass man das spielt, weil es ein verbotenes Spiel ist. Kneifen geht so: Man sitzt an einem Tisch in einer kleinen Gruppe und kneift sich gegenseitig in die Hand. Man kneift, bis es blutig wird und alle sagen, »ihh, da kann ich ja gar nicht hingucken.« Der, der aufgibt, hat verloren. Das sind die Regeln. Ich war ganz gut in Kneifen.

Clo. Ich heiße Claudette, den Vornamen hab ich mir nicht ausgedacht. Die meisten nennen mich Clo, das ist kürzer und leichter auszusprechen. Ich finde, im deutschsprachigen Raum ist das nicht so eine geile Abkürzung.

Zirkel. In der neuen Klasse sitze ich neben Josh, der eigentlich Joshua heißt. Josh ist dein bester Freund. Josh ist einer von den netten Jungs. Anders als du. In Mathe machen wir gerade irgendwas mit Figurengeometrie, was mich nicht so interessiert. Deswegen muss ich mich anstrengen, um gut zuzuhören. Ich habe keine Ahnung, was das alles soll, was vorne erzählt wird. Während ich versuche zuzuhören, versucht Josh, mit dem Zirkel nach meiner Hand zu stechen. Dieses Spiel geht eine ganze Weile: Josh pikst nach meiner Hand, ich zieh sie vorher weg, Josh pikst nach meiner Hand, ich zieh sie vorher weg. Ich überlege, was ich machen könnte, um das zu beenden. Ich könnte mich auf meine Hand draufsetzen, ich könnte mich bei der Lehrerin beschweren, ich könnte ausprobieren, was passiert, wenn ich die Hand liegen lasse. Ich beschließe, die Hand liegen zu lassen. Das ist vielleicht die effektivste Art. Tut einmal kurz weh, aber danach ist wahrscheinlich Schluss. Ich beiße also die Zähne zusammen und lasse die Hand liegen. Hinterher habe ich ein schlechtes Gewissen. Josh hat sich so dermaßen erschreckt, als er gesehen hat, wie der Zirkel in meiner Hand steckt, dass es mir leidtut. Ich hatte aber recht, er hat das nie wieder gemacht.

Später müssen wir dann irgendwelche Kreise mit dem Zirkel zeichnen und ich wüsste wirklich ganz gern, warum.

Liebe. Mir ist vieles nicht klar. Warum verhalten Menschen sich, wie sie sich verhalten. Die Mädchen um mich rum kreischen viel, sie reden über Pferde und Jungs. Ich hoffe, das Thema möglichst schnell hinter mich zu bringen. Mit Pferden habe ich nichts am Hut.

Mit elf Jahren stehe ich also in der neuen siebten Klasse. Ich bin die Neue. Ich stehe da und überlege, wer könnte es sein? Die Wahl ist nicht schwer. Die gängigen Methoden der Annäherung stehen mir nicht zur Verfügung. Ich entscheide mich für Abwarten und Zermürben.

Hamburg. »Waaan koooamst du?« Ich verstehe dich schlecht, und das liegt nicht am Handyempfang. Ein paar Mal frage ich nach: »Was hast du gesagt?« Ich sage, dass ich nicht telefonieren kann, weil ich arbeiten muss. Um diese Zeit muss ich nicht arbeiten. Du glaubst mir.

Französisch. Wir lernen jetzt Französisch. Ich hab das gewählt, weil ich dachte, mit meinem Vornamen muss ich Französisch können. Alles andere ist peinlich. Die Lehrerin ist nett und ich glaube, sie mag mich. Immer, wenn jemand etwas vorlesen soll und ich mich melde, nimmt sie mich dran.

Das Kapitel heißt: *Faire un interview*

»Tu aimes le sport?«

»Oui, j'aime le sport.«

»Tu aimes Philippe?«

»Oui, j'aime Philippe, idiot!«

Dabei nimmt sie immer mich dran. Mir macht es Spaß, in verteilten Rollen vorzulesen. Vor allem sage ich gern: »idiot!« Die anderen Mädchen beschweren sich bei mir, weil die Lehrerin mich andauernd drannimmt. Ich melde mich danach nicht mehr.

Kleidung. Wir kommen aus der Schule und wollen zu dir. Auf dem Weg zu dir nach Hause willst du einkaufen gehen. Klamotten kaufen, ein neues Hemd. Wir steigen am Kröpcke aus und du gehst zielstrebig Richtung

Georgstraße. Ich wäre in die andere Richtung gegangen. Zu C&A. In meiner Hose steht Yessica. Ich frage dich, wohin du willst. »Einkaufen.«

»In der Georgstraße?«

»Ich brauche ein neues Hemd. Also geh ich in die Hemdenstube.«

»Mit fünfzehn?«

Du bleibst stehen und grinst. »Seit mir Kindersachen nicht mehr passen, geh ich da einkaufen. Sonst geh ich mit Jo, heute mit dir.«

Wir gehen bei Stichnoth und bei Laura Ashley vorbei. Bei Laura Ashley hängt ein Prinzessinnenkleid im Fenster. Runtergesetzt. Altrosa Blüten auf Pastell. Ich bleibe stehen.

»Wollen wir rein?«, fragst du.

»Malik, in so einen Laden geh ich nicht. Selbst wenn's noch mal runtergesetzt ist, ist es zu teuer.« Du zuckst mit den Schultern und gehst weiter. Ich folge dir, gehe aber etwas langsamer. Ohne zu zögern, betrittst du die Hemdenstube und wirst von einem blonden Verkäufer begrüßt. Der Verkäufer hat im linken Ohr einen kleinen Ohrring, er spricht mit dir, als würde er dich kennen. Vielleicht werden alle Kunden hier so empfangen. »Das ist meine Freundin Claudette«, sagst du.

»Herzlich willkommen, Mademoiselle, Sie unterstützen den jungen Herrn also bei der Auswahl?«

»Eh, ja.«

Der Verkäufer zeigt dir unterschiedliche Hemden. Du kommst mit einem weißen Hemd aus der Umkleide. Ein Button-Down-Hemd, wie ich erfahre.

»Wie seh ich aus?«

»Sexy«, sage ich. Der Verkäufer lacht.

Am Ende kaufst du das Hemd und ein Paar Socken. Die Socken kosten 15 Mark.

Als dein Vater, den du Jo nennst, die Socken sieht, zieht er die Augenbrauen hoch. Das Hemd gefällt ihm.

Einen Tag später stehe ich allein vor dem Laura-Ashley-Laden. Ich stehe da zehn Minuten, bevor ich mich überwinde reinzugehen. Die Verkäuferin ist sehr nett und behandelt mich so, als würde ich ständig bei Laura Ashley einkaufen. Obwohl sie mich die zehn Minuten vor dem Schaufenster gesehen haben muss. In dem Prinzessinnenkleid sehe ich aus wie eine Prinzessin. Das Kleid ist runtergesetzt von 180 Mark auf 60. Ich stehe vor dem Spiegel und sage nichts. In meiner Hosentasche in der Umkleide sind genau sechs zerknitterte Zehnmarkscheine. Die Verkäuferin sagt: »Sie müssen das kaufen, das ist doch wie für Sie gemacht. Ich gebe es Ihnen für 40.«

In der letzten Woche bin ich zweimal gesiezt worden.

Maik. Maik Schulz ist ziemlich uncool. Er hat's nicht einfach. Er ist nicht dumm, aber er hat die Arschkarte gezogen und er hat schlechte Haut. Außerdem ist er kleiner als die andern und er liest Pornozeitungen. Haben wir bei der Klassenparty gesehen. Eine Klassenparty bei Maik, bei der alle eingeladen waren, Schüler, Eltern und Lehrer. Ein Einfamilienhaus in Hannover-Laatzen. Die Erwachsenen feiern unten im Garten, wir sind in seinem Jugendzimmer. So ein Jugendzimmer mit schräg gehängten Plakaten, ziemlich klein. Ich glaube, Maik hat sonst nicht viel Besuch. Er ist ein bisschen aufgeregt und wir sind neugierig, so neugierig, dass wir den Playboy unter seinem Bett finden. Er sagt, dass er den wegen der Artikel über Autos liest, glaubt ihm natürlich keiner. Danach wurde es nicht besser für Maik. Du unterhältst dich mit ihm. Er blüht etwas auf. Du lädst ihn ein, du diskutierst mit ihm. Er fühlt sich ernst genommen. Ihr redet über Politik, irgendwas mit Gerhard Schröder. Gerhard Schröder will Ministerpräsident werden. Maik sagt, der schafft das, der wird Ministerpräsident. Du sagst, der hat keine Chance. Ihr redet euch richtig in Rage. Es geht um Parteien und Parteiprogramme, ob die halten, was sie versprechen. Es geht um Geschichte, es wird langsam spät. Du überzeugst Maik von deiner Ansicht, er freut sich. Ihr seid einer Meinung. Jetzt wechselst du die Seiten. Du erklärst ihm, dass das, was er eben mühsam als seine Wahrheit erkannt hat, nichts ist. Maik weint.

Liebe. Die Lehrerin in der neuen Schule trägt weite Anziehsachen, meistens aus Leinen. Sie mag gruppendynamische Spiele und Entspannungsübungen. Manchmal liegen wir auf den Tischen und atmen und machen Fantasiereisen. Fantasiereisen mag ich, gruppendynamische Spiele, geht so. Ein Spiel funktioniert folgendermaßen, folgendermaßen ist auch ein Wort, das die Lehrerin sehr mag, sagt sie dauernd, also folgendermaßen: Zwei Tische werden in der Mitte zusammengeschoben, man kriegt die Augen verbunden und muss sich gegenseitig fangen. Immer um die Tische rum. Wer mit wem spielt, wird ausgelost. Man soll sich halt neu kennenlernen, nicht dass ständig die besten Freundinnen zusammen spielen. Das versteh ich. Da ich neu in der Klasse bin, ist das gut für mich. Als ich deinen Namen ziehe, weiß ich nicht, wie ich das finden soll. Die andern finden das lustig. Vor allem, weil jetzt ein Junge mit einem Mädchen spielt. Das ist ja voll lustig. Ich habe die Augen verbunden und du sollst mich fangen. Ich gehe los und wir laufen uns direkt in den Bauch, das heißt ich laufe in deinen Bauch, weil du größer bist als ich.

Töten. Wir sitzen im offenen Fenster. Ein Bein auf der Fensterbank, eins draußen und schauen auf die Annenstraße. Es ist warm. Wir hören Bronski Beat, »run away, turn away, run away, turn away, run away«.

Du musst deinen Wehrdienst verweigern. Alle machen das. Es ist keine Frage ob, es ist die Frage wie. Und bald muss es sein. Du willst nicht zu den Deppen gehören, die die Frist verpassen und einfach eingezogen werden. Sonst bleibt »untauglich«. Aber »untauglich« nimmt dir keiner ab.

»Untauglich wegen kurzsichtig?«, frage ich.

»Ich hab Heuschnupfen.«

»Das wär natürlich was: Von April bis Juli steht Malik Rabe für Kampfhandlungen nicht zur Verfügung. Hatschi. Das klappt nicht, kannst du vergessen.«

»Vielleicht geh ich auch hin.«

»Bist du bescheuert! Kein vernünftiger Mensch geht zur Bundeswehr, da gehen Schwachmaten hin.« Wir schauen aus dem Fenster, aber es ist nichts los auf der Annenstraße.

»Die stellen einem da so Fangfragen. Was machen Sie, wenn Ihre Freundin angegriffen wird.«

»Und was macht du?«

»Nichts«, du grinst.

Wir schauen weiter nach draußen. Es macht einen Knall. Ein Vogel ist gegen die Scheibe über uns geflogen. Wir beobachten, wie der Vogel erst schlingert und dann vier Stockwerke unter uns auf der Straße aufschlägt.

»In echt, ich könnte jemanden töten«, sagst du.

»Dann geh doch hin, zur scheiß Bundeswehr.«

»Ich vertrag's nicht, wenn mich jemand anschreit, der dümmer ist als ich.«

»Und da sie da alle dümmer sind, wird's schwierig.«

»Ja. Das kann ich aber nicht in die Verweigerung schreiben.«

Wir gucken beide runter auf die Straße, wo der Vogel hilflos auf dem Boden liegt. Wahrscheinlich ist er tot. Vielleicht hat er nur einen Hirnschaden.

»Ob Vögel mit Hirnschaden fliegen können?«, fragst du. Wir sehen, wie Frau Storm um die Ecke kommt, sich mit ihren Einkaufstaschen abmüht und an dem reglosen Vogel vorbeigeht. Sie ist früh dran heute.

Lutzelburg. Wir wollen trampen. Trampen hört sich gut an. Wir haben Schulferien, jetzt suchen wir das Abenteuer. Du hast dich erkundigt, du hast Freunde, die sind älter, die wissen Bescheid. Wo muss man sich hinstellen, welcher Bus fährt dorthin, du hast alles im Griff. Wir fahren mit der U-Bahn bis Hannover-Messe. Dann fahren wir mit dem Bus, dann wissen wir nicht mehr weiter, irgendwo hören wir die Autobahn. Ich laufe dir hinterher, während du die Böschung hinaufgehst. Tatsächlich, dort ist eine Autobahn, es ist trüb und grau und die Autos rasen an uns vorbei. Du weißt, wie man trampt, ich stelle mich also daneben und halte auch den Daumen raus. Wir fühlen uns wild und frei und jung. So fühlen wir uns eine Weile. Dann fühlen wir uns kalt. Es passiert nicht viel, Autos rasen an uns vorbei und wir denken an Frankreich, dort wollen wir hin. Die Kälte kriecht langsam die Schuhe hoch. Wir stehen eine Weile. Wir stehen noch eine Weile, bis ein Auto hält. Allerdings ist es ein Polizeiauto. Die Polizisten sind sehr nett und weisen uns darauf hin, dass man nicht mitten auf der Autobahn trampen darf. Außerdem dürfen die Autos hier nicht halten. Ich hatte mir schon gedacht, dass die sehr schnell fahren: dass die sich ganz schön schnell entscheiden müssten, um uns mitzunehmen. Aber sie haben das Autofahren schließlich gelernt. Die Polizisten nehmen uns mit. Sie fahren mit uns zur nächsten Autobahnraststätte und zeigen uns die Ausfahrt, wo man stehen darf und wo bereits ungefähr zehn andere Menschen stehen und die Daumen raushalten. Irgendwie ist es jetzt nicht mehr so romantisch. Die anderen schauen uns sehr neugierig an, als wir mit unseren Rucksäcken aus dem Polizeiauto steigen. Vielleicht denken sie, wir sind Verbrecher.

Wir kommen tatsächlich nach Frankreich. Wir werden gut mitgenommen, vielleicht weil wir jung und arglos aussehen. Am Abend sind wir im Elsass. Wir bleiben schließlich in Lutzelburg. Den Ort haben wir uns ausgesucht, weil er so einen schönen Namen hat.

In Lutzelburg ist nicht viel los. Lutzelburg ist am Arsch der Welt oder am Arsch von Frankreich. Es gibt eine verfallene Burg, dort kann man hinwandern, die Lutzelburg. Es gibt drei Straßen und ein Gasthaus, das Zimmer vermietet. In dem Gasthaus mieten wir uns ein, es ist nicht teuer. Das Zimmer ist groß und hat zwei Fenster, es ist hell. Aber auch im Elsass ist es noch nicht Frühling und man kann nicht viel machen in Lutzelburg. Trotzdem bleiben wir. Ich weiß nicht, warum. Die Zeit fängt an stillzustehen. Ich erzähle von meinen Träumen, von der Kunst, von der ich träume. Von den großen Figuren, die ich in meinem Leben spielen möchte. Du hörst dir das an und sagst nicht viel. Auf einem Waldweg bleibe ich stehen. Es ist ein schöner Waldweg in einem Tal. Die Bäume wachsen die

Berge hoch, unten plätschert ein Bach, wahrscheinlich voller Forellen. Bestimmt voller Forellen. Im Gasthaus gibt es auch Forelle, Spezialität des Hauses. Es ist meistens grau, ab und zu kommt die Sonne durch, dann gibt es so Sonnenlöcher, Löcher, durch die die Sonne kommt. Ich bleibe stehen und ziehe dich zu einer kleinen Lichtung, nah am Bach. Dort spiele ich dir meine liebste Rolle vor. Ich habe dir das gezeigt, wofür ich leben möchte. Inzwischen hat es wieder angefangen zu nieseln, du sagst: »Ja, und.«

Wir haben Sex in dem schönen Zimmer mit den zwei Fenstern. Zwei Fenster, eins rechts, eins vorn, das Haus ist ein Eckhaus. Du sagst, mir sei alles egal. Du sagst, ich fühle nichts beim Sex. Du bist 16. Du weißt Bescheid. Ich weiß nicht, wie Sex geht, ich glaube das, was mir gesagt wird. Wenn du über mir liegst, verbietest du mir Töne. Du sagst, das sei gespielt. Dabei hab ich doch im Wald gespielt, da hat es dich nicht interessiert. Jetzt soll ich nicht spielen, ich soll still sein. Weil ich ja nichts fühle, soll ich still sein. Ich bin still. Um dir zu zeigen, wie unempfindlich ich bin, lese ich ein Buch. Ich lese ein Buch, während du dich über mir auf und ab bewegst.

Du findest das cool.

Mitgefühl. Du hast gerade versucht, einer Biene das Leben zu retten. In einer Streichholzschachtel hast du ein Bett aus Watte gebaut und sie mit Honig und Marmelade versorgt. Mehrere Tage lang hast du mich auf dem neuesten Stand gehalten, was den gesundheitlichen Zustand der Biene angeht. Es gab eine kurze Phase der Hoffnung, am Ende hat sie es nicht überlebt.

Hamburg. Es sind sieben Sprachnachrichten. Die erste wurde 5.20 Uhr gesendet, die letzte 6.02 Uhr. Ich arbeite, ich arbeite oft bis spät und ich brauche meinen Schlaf. »Waaan koooamst du?«

Telefonieren. Ich bin in England in einer seltsamen englischen Austauschfamilie. Hier ist alles anders als bei uns. Ich mag die Familie. Deswegen bin ich auch das zweite Mal da. Beim Mittagessen türmen sich alle Vorräte vor ihre Teller. Vielleicht haben sie Angst zu verhungern. Am Samstag ist Badetag, da baden alle, im selben Wasser. Es ist eine große Familie. Es muss gespart werden. Trotzdem lernt jedes Kind mindestens zwei Instrumente. Heute will ich dich anrufen, weil du Geburtstag hast. Das ist in der Familie den ganzen Tag Thema. Ich darf nach Deutschland telefonieren. Ich bin mir sicher, dass alle an der Tür horchen, während ich telefoniere, obwohl sie kein Deutsch verstehen. Es klingelt ziemlich lange, bis du rangehst, ich wünsche dir meine herzlichsten Glückwünsche aus England, ich will dich noch fragen, was du grad machst, aber du sagst schon danke und legst auf. Das war ein billiger Anruf.

Hamburg. »Waaan koooamst du?« Ich scrolle zu »alle Nachrichten löschen«.

Poker. Du spielst gerne. Du hast mir Billardspielen beigebracht und Poker. Poker spielst du sehr gut. Wenn wir zu zweit sind, spielen wir Strippoker. Wir sitzen dann auf dem braunen Teppich in deinem Zimmer und ich verliere sehr schnell. Du willst auch mit den anderen Strippoker spielen, aber die wollen nicht.

Liebe. Mit 14 werden wir ein Paar. Wir waren grad mit der Klasse im Kino, am Nachmittag. »Blues Brothers«. Ich kann mit dem Film nicht viel anfangen. Ich erinnere mich vor allem an viele Autos, die kaputtgehen. Als der Film aus ist, gehe ich allein zur U-Bahn-Station und du hältst mit dem Fahrrad neben mir. Du fragst mich, ob du mich mitnehmen sollst. Ich wundere mich, weil es vom Kino bis zum Aegi nicht weit ist, man kann die U-Bahn-Station ja sehen, was soll ich da auf deinem Gepäckträger. Trotzdem nehme ich das Angebot an.

Black Boris. Du warst heute beim Arzt. Ich finde es lustig, dass du Angst vorm Blutabnehmen hast, dass du da nicht hingucken kannst, wenn die Nadel in den Arm gestochen wird. Auch nicht hingucken kannst, wenn das Blut so rausläuft. Du bist schon mit mulmigem Gefühl zum Arzt gegangen, weil du wusstest, heute wird Blut abgenommen. Na, ab und zu muss das mal sein, hat man mir erklärt. Dich hat es den Tag beschäftigt und du bist stolz, dass du es gut geschafft hast. Du bist nicht ohnmächtig geworden und du hast nicht geschrien. Außerdem warst du überrascht. Die Sprechstundenhilfe ist an dir vorbeigegangen, hat dich mit freiem Oberkörper gesehen, hat zweimal geguckt, klassischer Doubletake, und ist rot geworden. Du bist tatsächlich das, was man ein Alphatier nennt, ein dunkles Alphatier.

Ich hole dich vom Tennis ab. Es war eine gute Stunde und dein Trainer hat dich gelobt. Ich nenne dich Black Boris. Wir lachen. Boris Becker sieht hässlich aus, du nicht.

Oma. Einmal in der Woche besuchst du deine Oma. Du fährst mit der Straßenbahn nach Kirchrode und besuchst deine Oma im Seniorenheim. Später, als du ein Auto hast, fährst du mit dem Auto hin. Ihr trinkt Kaffee und guckt zusammen Fernsehen. Ich besuche meine Oma nicht allein. Nur wenn ich muss, obwohl sie eine prima Oma ist. Du redest auch mit deiner Oma. Mit meiner Oma rede ich nie. Obwohl die sehr viel redet. Es ist aber nicht so wichtig, was ich dabei sage. Ihr trefft euch also im Seniorencafé, redet, esst Sandkuchen und geht Fernsehgucken bei ihr im Zimmer. Am liebsten »Erkennen Sie die Melodie?« oder Eiskunstlauf.

Du möchtest mich deiner Oma vorstellen. Das muss unbedingt sein. Deswegen hole ich dich am Samstagnachmittag vom Seniorenheim ab. Ich sage artig, »Guten Tag, Frau Rabe«, und die Frau mit dem grauen Topfhaarschnitt sagt: »Schön, Sie kennenzulernen, Fräulein Kreutz.« Dann verabschieden wir uns wieder. Warum das jetzt sein musste, weiß ich nicht.

Küssen. Ich bin dreizehn. Sonja geht in meine Klasse und sie hat heute Geburtstag. Sie ist ein bisschen älter als ich und sie hat mich und eine andere Freundin, Constanze, eingeladen. Seit Neuestem hat sie ein eigenes Zimmer im Kinderheim, wo sie wohnt. Sie gehört da jetzt zu den Großen. Auf dem Weg zu Sonja kaufen wir im Ihme-Einkaufszentrum ein. Wir kaufen eine Flasche Faber Sekt, einen Camembert und Eier. Wir wollen Rührei kochen. Ich bin ziemlich stolz, als ich mit der Flasche Sekt an der Kasse stehe und wir bezahlen, ohne dass irgendjemand was sagt. Vor dem Supermarkt treffen wir Hannes und Hauke aus der Parallelklasse. Die sehen unseren Einkauf und sind beeindruckt. Sonja redet einfach so mit denen, das finde ich beeindruckend. Sie sagt den beiden, sie könnten nachher ja auch noch vorbeikommen. Bei dem Satz zucke ich ein bisschen zusammen, Sonja ist wirklich cool. In der U-Bahn überlegen wir, ob die wohl auftauchen oder nicht. Wahrscheinlich nicht, das Kinderheim ist in Misburg, das ist eine Ecke weg und so verlockend ist unser Einkauf auch wieder nicht.

Sonja wohnt in der Purzelbaum-Wohngruppe. Ihr neues Zimmer liegt etwas abseits der Wohngruppe, wo die Küche ist und wo wir das Essen vorbereiten. Von der Wohngruppe geht man erst einen langen Gang nach rechts eine kleine Treppe runter, jetzt ist man im Eingangsbereich vom Heim, sozusagen im Foyer, von da geht's eine große Treppe hoch, wie eine Freitreppe im Schloss, nur dass das Heim kein Schloss ist, und rechts oben ist Sonjas Zimmer. Das Zimmer ist so klein, dass da kein Tisch reinpasst, deswegen haben wir das Essen, wie so ein Picknick, auf dem Boden aufgebaut. Wir sind ganz zufrieden, wir haben gut gekocht und wir sind ein gutes Team. Das Essen ist lecker. Dann klopft es und Hauke und Hannes stehen vor der Tür. Wir rücken ein bisschen zusammen und Sonja geht Gläser holen. Das dauert ein bisschen und wir sind gezwungen, die Unterhaltung ohne Sonja weiterzuführen. Ich wär' auch gern Gläser holen gegangen. Erstaunlicherweise kann man mit den beiden aber reden. Sogar ich rede. Zu fünft stoßen wir noch mal auf Sonja an. Wir reden weiter und die beiden verabschieden sich wieder.

Hannes hat blonde Locken, er erzählt keinen Quatsch und er gehört in der Schule zu den Coolen. Das macht mir ein bisschen Angst. Ich kann mir nicht vorstellen, dass der an mir irgendwas findet. Ich versuche, mich aufs Aufräumen zu konzentrieren. Ich stehe oben an der Treppe mit den dreckigen Gläsern in der Hand, als ich sehe, wie die beiden zurückkommen. Mir fallen beide Gläser aus der Hand. Sonja lacht.

Der Abend endet damit, dass Hauke und Constanze auf dem Boden in Sonjas Zimmer liegen und wild rumknutschen. Sonja liegt daneben und versucht zu schlafen. Ich und Hannes liegen auf Sonjas Bett. Ich denke, das ist ein historischer Augenblick in meinem Leben, weil ich gerade zum ersten Mal einen Jungen küsse. Es ist Winter und ich bin ziemlich warm angezogen. Unter der Jeans habe ich eine Nylonstrumpfhose von meiner Mutter an, in Braun. Mir ist vor allem die Farbe der Strumpfhose peinlich, wobei Hannes das im Dunkeln gar nicht sieht. Das ist wahrscheinlich auch nicht der Grund, warum er will, dass ich die Strumpfhose ausziehe. Was ich nicht tue. Mehr historische Augenblicke brauche ich heute nicht.

Am nächsten Morgen stehen Constanze und ich gemeinsam an der U-Bahn. Wir fahren nach Hause. Es ist sehr früh und wir reden nicht viel. Ich glaube, Sonja hatte nicht so einen tollen Geburtstag.

Ich weiß nicht, wie das in die Schule durchdringen konnte und wer was erzählt hat. Sonja schwört, sie hat nichts gesagt. Auf jeden Fall geht überall in der Schule rum, dass ich was mit Hannes habe. Wobei ich mich frage, was das heißt, etwas mit jemanden haben. Vor allem du willst alles ganz genau wissen. Du rennst überall in der Schule rum und fragst, was mit mir und Hannes ist, was da gelaufen ist und so. Keine Ahnung, warum du jetzt durchdrehst. Ich sitze seit über einem Jahr neben dir, du hast dich nie für irgendetwas interessiert. Du hast meine

Hefte vollgekritzelt und dich über mich lustig gemacht, das war's. Ich finde, es geht dich nichts an, was Freitag passiert ist.

Un Collier. In der achten Klasse sitze ich das erste Mal neben dir. Das habe ich mir nicht ausgesucht, sondern Herr Kühne, unser Lehrer, hat das bestimmt. Ich glaube, dass seine Strategie war, die pflegeleichten neben die schwierigen Schüler zu setzen. Auf der anderen Seite von mir sitzt Sabine. Sabine ist ein bisschen seltsam und überhaupt nicht hübsch, außerdem kaut sie mit offenem Mund. Sie ist nicht so beliebt. Ich glaube, ich bin so eine Art Pufferzone zwischen dir und Sabine. Wobei du Sabine in Ruhe lässt. Es ist sehr einfach, sich über Sabine lustig zu machen, das ist dir zu langweilig. Den andern in der Klasse ist das nicht zu langweilig. »Sabber-Sabine« und so. In der Pause, wenn Sabine isst, schaue ich in deine Richtung.

Ich bin also in der achten Klasse und versuche, dem Unterricht zu folgen, was auch gelingt, selbst wenn man neben dir sitzt. Wir entwickeln Strichmännchen, Kurzgeschichten und Katzenkurzgeschichten, meistens in Gesellschaft oder Deutsch. Katzen sind das Einzige, was ich ganz gut zeichnen kann. Du magst meine Katzen jedenfalls. Meine Mappen sind vollgekritzelt mit kleinen und großen Männchen und mit Katzen, wütenden Katzen, besoffenen Katzen, chinesischen, britischen, alten und jungen Katzen. Dass du meinen Französischaufgabenzettel mit deinen Männchen vollkritzelst, geht allerdings zu weit. Vor allem, weil ich jetzt alles noch mal abschreiben muss, bevor ich abgebe. Ich bin ziemlich sauer, aber das ist dir egal. Da dir meine Verärgerung also egal ist, beschließe ich, dich zu ignorieren, was gar nicht so einfach ist. Ich weiß nicht, mit was ich mich beschäftigen soll, wenn mir im Unterricht langweilig ist. Sabine ist keine Alternative. Nach zwei Tagen versprichst du, mir eine Kette zu schenken als Entschuldigung. Wenn du mir was schenken willst, brauchst du es nicht ankündigen, dann kannst du es gleich machen, sage ich. Du versprichst hoch und heilig, heute gleich loszugehen und das Entschuldigungsgeschenk einzukaufen. Ich kann mir nicht vorstellen, wie du zu Bijou Brigitte gehst und eine Halskette für mich aussuchst. Deine Entschuldigung nehme ich aber an. Wenn mir langweilig ist, habe ich jetzt wieder einen Ansprechpartner. Ich warte also auf mein Geschenk. Passiert natürlich nichts. Nachdem ich einige Wochen gewartet habe, bekräftige ich meine Forderung schriftlich: J'obtiens un collier de toi.

Zu Weihnachten bekomme ich ein Bild von einer Kette aus einer Zeitschrift, »joyeux Noël« schreibst du. Später schenkst du mir mal ein Taschenmesser.

Küssen. In der Woche, nachdem ich das erste Mal einen Jungen geküsst habe, besucht mich Hannes. Er will reden, aber ich nicht. Er sitzt mir gegenüber auf dem Boden in meinem Zimmer. Er lehnt am Ikea-Kellerregal und versucht mich zu überreden, rauszugehen. Will ich aber nicht. Vielleicht wäre es anders geworden, wenn ich mich darauf eingelassen hätte, wenigstens auf einen Spaziergang. Aber es bewegt sich nichts, ich blocke. Hannes ist wirklich nett, er ist nicht doof und er sieht auch nicht doof aus. Er hat jede Menge coole Freunde, die ich nicht kenne. Kann sein, dass es das ist, zu viel Neues, fremde Menschen. Ich sage, dass ich mir nicht sicher bin, dass ich nicht verliebt bin, dass ich glaube, dass meine Gefühle nicht reichen. Könnte sogar sein, dass das stimmt, ich weiß ja nicht, wie sich das anfühlt, »Verliebtsein«, woher soll ich das wissen.

La Rochelle. Meine Oma ist gestorben. Das ist sehr traurig. Meine Oma war 'ne tolle Frau. Und die hat's auch nicht leicht gehabt.

Meine Oma ist gestorben, kurz bevor der »Neunte-Jahrgang-Frankreich-Austausch« an unserer Schule stattfinden soll.

Meine Mutter hat entschieden, dass ich trotzdem mitfahren soll zum Schüleraustausch. Sie sieht zwar aus wie ein zerbrechlicher Engel, schmal, blond und ständig ein geflochtener Zopf, aber was meine Mutter sagt, gilt. Das heißt, ich bin nicht bei der Beerdigung meiner Oma. Kurz bevor ich zum Schüleraustausch aufbreche, ist bei uns viel los. Sarg aussuchen, Verwandte einladen, um Opa kümmern, Totenhemd aussuchen.

Währenddessen bereite ich mich auf den Schüleraustausch vor. Mein erster Urlaub ohne Eltern soll direkt danach stattfinden. Auf den bereite ich mich nicht vor. Ich bereite mich innerlich darauf vor, mit einem Austauschschüler in Frankreich zu sein, mit dem ich nichts anfangen kann, ich bereite mich darauf vor, Französisch zu sprechen und ich muss ein Gastgeschenk besorgen. Meine Mutter hat gerade den Kopf nicht frei für Gastgeschenk besorgen, versteh ich. Sie sagt, kauf ein Glas und tu Bonbons rein. Ich kaufe also ein Glas und tu Bonbons rein und denke, das ist das beschissenste Gastgeschenk, das sich je jemand ausgedacht hat. Wenige Tage später sitze ich im Bus mit meinem Gastgeschenk auf dem Schoß und in Gedanken an meine Oma, die jetzt tot in einer Holzkiste liegt. In der Tasche habe ich einen Schrieb von meiner Mutter, dass ich im Anschluss zusammen mit meinem Freund weiterfahren darf, um an der Westküste Urlaub zu machen, der Schrieb ist wichtig, weil ich vierzehn bin und es nicht selbstverständlich ist, dass wir allein durch Frankreich fahren. Du hast auch so einen Schrieb von deinem Vater. Der Schüleraustausch verläuft so ähnlich, wie ich es erwartet habe, meinen Austauschschüler sehe ich kaum. Seine Mutter freut sich ganz toll über mein Gastgeschenk und versucht das aufzufangen, was ihr Sohn an Engagement vergeigt. Ich und mein Austauschschüler sind auch nur deswegen zusammengekommen, weil die Zahl Jungen und Mädchen nicht aufging. In Frankreich gab's mehr Jungen und es wollte kein anderes Mädchen zusammen mit einem Jungen austauschen. Da hab ich halt gesagt, ich mach das. Allerdings ergaben sich bei uns keine Übereinstimmungen, Hobbys und so was. Ich habe bei Interessen angegeben: Literatur, Ballett, Theater, bildende Kunst und Geschichte, er hat Tischtennis angegeben. Je fait le Ping-Pong, hat er geschrieben. Wir wussten schon in Deutschland nicht, worüber wir reden sollten.

In Frankreich schließt sich der Pascal meistens in seinem Zimmer ein. Aber mit den andern ist es gut, es gibt auch andere nette Jungs. Inzwischen habe ich festgestellt, es gibt immer andere nette Jungs. Wir fahren nach Paris rein, sehen uns Les Halles und den Louvre an und es ist alles sehr aufregend.

Am Ende steigen die andern wieder in den Bus, du und ich, wir stehen draußen. Wir wollen zum Zug. Und auf einmal lassen sie uns nicht gehen, obwohl alles vorher abgesprochen war, meine Austauschmutter ist ganz entsetzt. Sie fängt fast an zu weinen: »Tu veux passer des vacances seulement avec un garçon, ce n'est pas possible. Tu es une jeune fille.« Eigentlich ist die sehr nett. Da wir unsere Schriebe dabeihaben, müssen sie uns irgendwann gehen lassen. Unsere Mitschüler fahren also mit dem Bus zurück nach Hannover und wir steigen in die Metro und fahren zum Gare Montparnasse.

Wir kaufen eine Fahrkarte, setzen uns in den Zug nach La Rochelle und haben ein Abteil für uns allein. Du klebst einen Zettel an die Tür. Mit Kugelschreiber steht da auf Karopapier: occupé. Wir knutschen die ganze Zeit wild rum und zwischendurch schauen wir aus dem Fenster. Frankreich ist schön.

In La Rochelle in der Jugendherberge haben sie Doppelzimmer. Bei uns gibt's das nicht. Trotz Doppelzimmer ist die Jugendherberge aber öde und abseits, deswegen gehen wir da nach einer Nacht wieder weg, was anderes suchen. Am nächsten Morgen laufen wir zurück in die Stadt. Die Sonne scheint und die Straße ist ganz gerade, links ist Wasser. Da ich unter meinem viel zu schweren Rucksack fast zusammenbreche, trägst du beide Rucksäcke zusammen. In der Altstadt finden wir ein kleines Hotel, wir bekommen das *chambre huit*. Das Zimmer ist ein enger Schlauch mit einem Balkon, auf dem man so gerade eben stehen kann. Man kann dort stehen und in die Hinterhöfe von La Rochelle schauen. In dem Zimmer ist alles in Rot, plüschig und ziemlich abgewetzt. Das Bett ist nicht sehr groß. In der Mitte rollt man zusammen. Es ist billiger als die Jugendherberge.

Wir gucken uns das Städtchen an, dabei verlaufen wir uns permanent. Wir entdecken ein Lieblingsrestaurant, in dem wir fast jeden Tag essen, nein, ab und zu essen wir dort zweimal am Tag. Der Chef ist sehr nett, er lächelt, wenn er uns sieht. Ich sage, wir müssen auch aufs Geld gucken, ich hab nicht so viel Geld. Du sagst, »das ist kein Problem, wenn dein Geld alle ist, schickt mir mein Vater eben neues. Und falls nicht, können wir uns bestimmt was beim netten Restaurantbesitzer leihen.« Das ist unser erster Streit. Ich will mir kein Geld vom netten Restaurantbesitzer leihen. Ich glaube auch nicht, dass er das machen würde.

Sonst geht's uns gut in La Rochelle, nach ein paar Tagen verlaufen wir uns kaum noch. Wir beschließen, einen Ausflug zu machen, raus aufs Land. Wir haben eine Vorstellung davon, wie es in Frankreich auf dem Land aussehen muss. Und da das Land auf jeden Fall nicht in der Stadt ist, gehen wir in Richtung raus aus der Stadt, immer geradeaus. Bald hört die Altstadt auf. Rechts und links sind aber noch Häuser, vielleicht ist das Land dahinter, wir können es nur nicht sehen. Später sieht es so aus wie bei uns. Wenigstens sieht es französischer aus. Straßen und Häuser, rechts Mr. Bricolage, links KFC, dann ein großer Supermarkt, Leclerc. Wir gehen weiter und weiter. Wir gehen auf einer Landstraße lang, aber um uns rum sind Häuser. Lastwagen fahren an uns vorbei. Manche hupen, vielleicht soll man nicht auf der Landstraße spazieren gehen. Von der

Landschaft sieht man nichts, weil es so viele Häuser gibt. Die Häuser versperren den Blick. Wir haben die Nase voll, es ist staubig, warm und das französische Land sieht nicht so aus, wie wir uns das vorgestellt haben. Da hätte man auch nach Isernhagen laufen können. Wir wollen umkehren, aber du hast keine Lust, den ganzen Weg zurückzulaufen. Ich eigentlich auch nicht. Man könnte trampen, wir wissen beide, dass das eine Möglichkeit wäre. Ich habe meiner Mutter aber versprochen, nicht zu trampen. Das war die einzige Bedingung, ich trampe nicht, dann darf ich allein in den Urlaub fahren. Ich finde, das kann ich nicht machen. »Wir trampen ja gar nicht richtig«, sagst du, »ich mach jetzt so mit dem Daumen und zufällig hält ein Auto, das fragt ganz nett, ob es uns mitnehmen kann.« Während wir uns streiten, hält ein Auto und fragt, ob es uns mitnehmen kann. Es ist ein junger Mann, der erstaunt ist, was wir auf der Ausfallstraße von La Rochelle machen. Wir sagen, spazieren gehen.

Unser nächster Ausflug ist erfolgreicher. Wir fahren mit dem Schiff auf die Île de Ré. Das ist ein Tipp vom Restaurantbesitzer. Wir gehen zum Hafen, kaufen am Schiff ein Ticket, das ist einfach. Kurz darauf sind wir auf einem richtigen Schiff auf dem Meer. Mit Gischt und Sonne und Wolken. So geht Ausflug machen, wir sind begeistert. Das Schiff hält an einem Anleger, der direkt am Strand ist. Auf der Île de Ré gibt es anscheinend keine Städte oder Dörfer. Wir machen einen Strandspaziergang. Es ist windig und kalt, aber das macht nichts, wir gehen an einem Strand lang. Der Strand ist zwar nicht so toll, aber er ist direkt am Meer und wir sind in Frankreich. Wir haben etwas geschafft, wir sind erwachsen, wir können alles schaffen. Dann hört die Kälte auf romantisch zu sein und wir beschließen einzukehren. Wir gehen weg vom Strand, Richtung Landesinnere. Da ist wieder eine Landstraße, aber kleiner und ohne Autos und mit Pinien an der Seite. Ganz hübsch. Bald kommt ein Gasthaus. Fast direkt am Strand. Alles ist gut. Das Gasthaus ist groß und leer, wahrscheinlich falsche Zeit. Resopaltische mit Blick aufs Meer. Die Bedienung ist nicht sehr freundlich, es gibt das Menü des Tages. Da die Auswahl nicht groß ist, nehmen wir das Menü des Tages. Wir essen Entrecôte Frites. Danach Käse. Das Entrecôte ist ok, der Käse wird uns als Spezialität angepriesen. Gibt's nur auf der Île de Ré. Die Käseplatte kommt. In der Mitte der Île de Ré-Spezialitätenkäse in so einer extra Schale, wahrscheinlich ein Weichkäse, so wie Schmierkäse, aber brauner. Die unfreundliche Bedienung beobachtet uns. Ich denke, natürlich esse ich das, was soll's, es ist Käse. Du willst nicht. Ich finde dich feige. Ich nehme einen großzügigen Löffel des Île de Ré-Spezialitätenkäse. Wenn ich nicht beobachtet worden wäre, hätte ich gekotzt. An den Geschmack erinnere ich mich noch dreißig Jahre später. Das war das Scheußlichste, was ich je in meinem Leben gegessen habe. Und ich esse gern und viel. Auf dem Weg zurück lachst du mich aus und ich haue dich. Wir laufen die Landstraße lang Richtung Anleger, ich will dich weiter hauen, aber du hältst meine Hände fest.

Linsen. Mit 12 wird bei mir festgestellt, dass ich kurzsichtig bin. Meine Mitschüler haben das festgestellt. Die haben sich beschwert, dass ich sie nicht mehr grüße morgens in der U-Bahn. Na ja, ich grüß halt nur die Leute, die ich erkenne. Deswegen bin ich noch lange nicht kurzsichtig. Auch beim Augenarzt bin ich mir sicher, dass ich nicht kurzsichtig bin. Der Arzt setzt mir so ein Gestell auf die Nase, ich soll mal aus dem Fenster schauen. Ich sehe eine neue Welt. Menschen, Autos, Straßen, Häuser, alles klar. Mit einem Brillenrezept in der Tasche fahre ich nach Hause. Meine Mutter sagt, das kann nicht sein, dass ich kurzsichtig bin, ich war nie kurzsichtig. Wir gehen trotzdem zum Optiker am Lister Platz und suchen eine schöne Brille aus. Der Optiker meint, das ist eine schöne Brille und meine Mutter meint auch, das ist eine schöne Brille. Ich bin mir nicht sicher. Ich gehe das erste Mal mit Brille in die Schule und meine Mitschüler bestätigen meine Unsicherheit. Ich weiß jetzt: Ich sehe zwar, aber ich seh' scheiße aus.

Ich sage meiner Mutter, dass ich Kontaktlinsen will, aber das ist nicht drin. Mit dreizehn fange ich an zu jobben. Jeden Sonntagmorgen arbeite ich als Zimmermädchen im Hotel Vier Grenzen. Das ist nicht toll und ich find's auch ein bisschen eklig, alles im Badezimmer mit den gebrauchten Handtüchern zu polieren. Immerhin mache ich zuerst die Zahnputzgläser und dann das Klo. Aber egal, meine Vision sind Kontaktlinsen. Nach einem Jahr gibt mir meine Mutter den Rest dazu. Das erste Mal, als ich harte Kontaktlinsen trage, habe ich das Gefühl, meine Augen werden rausgerissen. Es brennt wie Sau, aber es lohnt sich. Ich bin mir sicher, mit Brille hättest du mich nie angesprochen und ich hätte nie auf deinem Gepäckträger gesessen.

Die Linsen fallen mir in den absurdesten Situationen raus, in der Straßenbahn, wenn ich grad aussteigen will, und im Sportunterricht in einer dreigeteilten Turnhalle, die war wirklich riesig, kriecht die ganze Klasse auf dem Boden, bis jemand ruft, »ich hab sie«. Auf der Straße suche ich sie und meine Mutter findet sie mal im Waschpulver. Aber es hat sich gelohnt.

Le petit-déjeuner. Le petit-déjeuner à chambre huit. In dem Hotel in La Rochelle kann man sich das Frühstück aufs Zimmer bestellen. Es gibt ein Telefon auf dem Zimmer, mit dem muss man anrufen. Man sagt »le petit-déjeuner à chambre huit, s'il vous plaît« und das Frühstück wird gebracht. Kostet nicht mal mehr. Das gab's in der Jugendherberge nicht. Wenn das Frühstück kommt, zieh ich mir die Decke über den Kopf, es ist mir peinlich, neben dir in einem Bett zu liegen. Jedenfalls will ich nicht, dass andere das sehen. Ich zieh mir also die Decke über den Kopf und tu so, als ob ich nicht da wäre. Danach frühstücken wir.

La Rochelle wird langweilig. Wenn wir uns verlaufen, kommen wir an den gleichen Ecken raus. Das Hotel ist gut, die alten Häuser sind hübsch, aber irgendwann kennt man alle Straßen mit alten Häusern. Im Hotel sein, Kaffee trinken, spazieren gehen, essen gehen, wieder spazieren, sich verlaufen und trotzdem an einer bekannten Ecke rauskommen, wieder essen gehen. Wir beschließen, weiterzuziehen.

Schuhe. Du hast neue Schuhe. Doc Martens. Natürlich keine Stiefel. Das ist uncool. Black Smooth Halbschuhe. Verklebt und vernäht. Die Sohle ist leicht gelblich. Damit kann man durch kochendes Öl laufen, sagst du. »Warum um Gottes willen willst du denn durch kochendes Öl laufen? In Hannover gibt's kein kochendes Öl auf der Straße.« Ich werde von dir als unwissendes, dummes Ding beschimpft. Eigentlich wünsche ich dir, dass du nie in Gegenden bist, wo auf der Straße Öl kocht. Aber egal. Die

Schuhe stellst du nicht bei euch in den Flur, wo sonst die Schuhe stehen. Sie kommen direkt neben dein Bett.

Poitiers. Auf dem Weg nach La Rochelle haben wir gern aus dem Fenster geschaut. Einen Ort fanden wir besonders schön, dort wollen wir jetzt aussteigen und ein paar Tage bleiben. Wir wissen leider nicht mehr, wie der Ort hieß. Wir steigen also in La Rochelle in den Zug Richtung Osten und gucken die ganze Zeit aus dem Fenster. Wir hoffen, den schönen Ort wiederzusehen. Da wir im Zug aus dem Fenster gucken, haben wir keine Zeit zum Knutschen. Dabei entdecken wir, dass es um La Rochelle rum ziemlich flach ist, so ähnlich wie in Niedersachsen. Wenn man durch die Straßen geht, bräuchte man Stelzen, um die Landschaft zu sehen.

Der Ort, den wir suchen, ist in den Bergen, es ist ein bergiger Ort. Wir schauen stundenlang angestrengt aus dem Fenster, bis wir gleichzeitig rufen: Das ist es.

Wir kramen unsere Sachen zusammen und steigen in Poitiers aus.

Wir kommen in Poitiers an und laufen durch die Straßen. Meinen Rucksack muss ich inzwischen selber tragen. Die Jugendherberge haken wir schnell ab, wir sind auf der Suche nach einem schönen Hotel.

Das Hotel, was wir finden, wird gerade umgebaut, deshalb ist es besonders günstig. Es steht Handwerkszeug auf den Gängen, Eimer, Leitern, Farbe, Bauschutt. Handwerker sehen wir nicht. Unser Zimmer ist größer, weniger plüschig, ein bisschen kahl. Es gibt ein Bidet.

Da unsere Geldvorräte jetzt wirklich zusammengeschmolzen sind, telefonierst du mit deinem Vater. Ich sehe dich, wie du in einer halb offenen Telefonzelle stehst und redest, ab und zu hörst du auch zu. Du kommst wieder und sagst, dass dein Vater uns Geld schicken will. Das war gar kein Problem. Am nächsten Tag ist das Geld natürlich noch nicht da, aber es wird bald eintreffen. Wir können das Geld dann bei der Post abholen. Das klingt sehr praktisch. Wir laufen durch die Stadt. Die Häuser sind hier höher, es gibt eine große Kirche. Ein Lieblingsrestaurant finden wir nicht. Die Stadt ist hell und kalt. Wir verbringen oft Zeit im Zimmer, um uns aufzuwärmen. Wir liegen auf dem Bett und schauen aus dem Fenster auf die andere Straßenseite. Man sieht ein Stück andere Straßenseite, ein helles altes Haus und man kann auch ein bisschen über die Stadt schauen. Das ist besser als in La Rochelle. Da Poitiers bergig ist, kann man die Stadt auch von oben sehen. Wir liegen viel auf dem Bett und schauen. Einmal schreibst du mir mit meinem Regelblut eine Liebeserklärung auf den Bauch.

Am übernächsten Tag gehen wir zur Post, um dein Geld abzuholen, was leider nicht funktioniert, weil die Post zu ist. Es ist Ostern.

Einen Tag versuchen wir zu sparen, aber das macht keinen Spaß. Am nächsten Tag beschließen wir, unsere Armut zu feiern. Wir wollen lieber feiern und dann fasten als sparen. Wir gehen zu einem kleinen Laden, der seltsamerweise offen hat, und kaufen eine Flasche Cidre, eine Wurst und Oliven. Jetzt ist unser Geld alle und wir haben einen lustigen Nachmittag. Am nächsten Tag sind alle Einkäufe aufgebraucht. Du willst dir Geld vom Hotelbesitzer leihen. Ich soll das fragen, weil ich besser Französisch kann als du. Ich will das aber nicht fragen, mir ist so was peinlich, das weißt du. Wir streiten uns und du gehst weg. Ich bin allein in dem kahlen Hotelzimmer und ich bin hungrig. Am Nachmittag kommst du zurück und erzählst, dass du dir Geld geliehen hast vom Hotelbesitzer und dass der Croque Monsieur lecker war. Mitgebracht hast du mir nichts.

Minimale Musik. In der Südstadt gibt es ein neues Veranstaltungszentrum. Total selbst organisiert und alternativ. Das ist cool, da muss man gewesen sein. Da willst du unbedingt hin. Meinetwegen. Jetzt trotte ich neben dir her Richtung Eisfabrik. Lutherstraße, Sallstraße, Seilerstraße. Wir wollen ins Konzert. Wir wissen beide nicht, was für ein Konzert das ist. Ist auch egal. Die Einfahrt zur Eisfabrik sieht unspektakulär aus. Die Eisfabrik ist ein altes Fabrikgebäude. »Wahrscheinlich wurde da mal Eis hergestellt«, sagst du. Wär ich auch drauf gekommen. Wenn man durch die Einfahrt geht, kommt ein Hof, um den Hof sind ein paar Fabrikhallen. Ein Gebäude ist Backstein, der Rest war wahrscheinlich früher mal weiß. Sieht provisorisch aus, aber nett. An der ersten Hauswand hängt ein DIN-A3-Zettel, da steht mit Edding *Minimal Konzert* und ein Pfeil. Wir überlegen, dass minimal wahrscheinlich heißt, dass es kurz ist. Das finden wir gut, weil wir hier sind zum Gucken, nicht zum Hören. Vor einer Metalltür stehen ein paar Leute, das ist sicher der Eingang. Was als Erstes auffällt ist, dass wir hier den Altersdurchschnitt deutlich senken. Manche von den Leuten sind so alt wie unsere Eltern, also vierzig oder noch älter. Wir fallen hier auf. Egal. Drinnen rechts neben der Tür steht ein kleiner Tisch, da sitzt eine Frau mit der Kasse. Eintritt ist fünf Mark. Das geht eigentlich. Wir schauen uns im Raum um. Weiße Wände, Steinboden. In der Mitte ist eine Art schwarzes Linoleum ausgelegt, da steht ein Klavier drauf, neben dem Klavier ist noch etwas Platz. Drumherum sind im Halbkreis Stühle aufgestellt. Nicht viele, so sechzig, fünf-sechs Reihen. Ein paar Menschen sitzen schon, auch hier drinnen sind wir mit Abstand die Jüngsten. Hinten gibt es noch eine Bar, also ein Tisch, auf dem Getränke stehen, und ein Typ, der verkauft. Du willst ein Bier kaufen, aber wir sind knapp dran und es könnte auch sein, dass du keins kriegst. Du siehst zwar etwas älter aus, bist aber trotzdem erst fünfzehn. Dann geht eine Frau mit einer Glocke durch den Raum, und alle setzen sich auf die Stühle. Wir kriegen gute Plätze, zweite Reihe Mitte.

Nachdem alle sitzen, dauert es, dann wird das Licht gedimmt und auf dem schwarzen Linoleum wird es heller. Dann passiert erst mal gar nichts und dann treten ein Mann und eine Frau auf. Der Mann setzt sich ans Klavier und die Frau stellt sich auf den schwarzen Boden. Sie hat einen Flummi in der Hand. Jetzt passiert wieder nichts. Irgendwann nimmt die Frau den Flummi und wirft ihn auf den Boden. Es macht »bong«. Sie fängt ihn wieder. Pause. Der Mann schlägt eine Taste auf dem Klavier an, »kling«. Ein schöner Anfang, gleich geht es bestimmt richtig los. Es geht aber nicht los. Nach etwa drei Minuten nimmt die Frau wieder den Flummi, »bong«. Das Klavier antwortet »kling«. Pause.

Du flüsterst, »wollen wir gehen«. »Nee, das ziehen wir durch, vielleicht kommt ja noch was.« Hinter uns sagt jemand »pscht«. Wir stören wahrscheinlich die Stille. Es passiert jedenfalls nichts. Die Frau steht da und guckt wichtig und der Mann sitzt da und kriecht ins Klavier. Das Klavier macht wieder »kling«. Pause. Lange Pause. Du guckst auf die Uhr. Wir sind jetzt seit zehn Minuten hier und haben ganze fünf Geräusche gehört. Du guckst mich an, mir zucken die Mundwinkel. Ich gucke schnell wieder nach vorne, wenn ich dir in die Augen schaue, kriege ich einen Lachanfall. Aber auch ohne Augenkontakt ist es schwierig. Das Klavier macht wieder »pling« und ich muss anfangen zu glucksen. Du schaust sehr konzentriert nach vorn. Das Klavier macht nochmal »pling« und mein Glucksen wird lauter. Jetzt kommt aus einer anderen Ecke »psst« und ganz leise, »das ist doch wirklich unerhört«. Man hört ja auch nichts, denke ich. Ich beiße in den Riemen von meiner Schultertasche, um nicht zu lachen. Von der Seite sehe ich, dass du lächelst und angestrengt versuchst, nicht zu mir zu gucken. Jetzt ist wieder der Flummi dran »bong«. Aus meinem Körper kommen seltsame Geräusche, ich verärgere die Menschen im Publikum. Als das Konzert nach fünfzig Minuten vorbei ist, habe ich den Riemen von meiner Schultertasche durchgebissen. Nach begeistertem Applaus und vielen Verbeugungen können wir endlich aufstehen und ich renne sofort aufs Klo. Ich schließe mich ein und versuche mich zu beruhigen. Als ich rauskomme, stehst du an der Bar und unterhältst dich mit einer älteren Frau. Die Frau ist ganz begeistert von dir. Ich höre, »das finde ich wirklich toll, wenn junge Menschen sich mit anspruchsvoller Musik auseinandersetzen«. Du antwortest: »Nein, das war sehr interessant, wirklich, was die Stille mit dem Ausdruck des einzelnen Tons macht, das kriegt eine andere Dimension.« Jetzt strahlt die Frau: »Das ist Zen. Zen in der Musik. Reine Leerheit.« Am Ende bezahlt sie dir dein Bier. Wir verabschieden uns höflich und als wir um die Ecke sind, müssen wir beide so lachen, dass ich Angst habe, mir in die Hose zu machen. Ich knote die Riemen von meiner Tasche zusammen und wir gehen noch bei der Hexe, dem Kiosk bei dir um die Ecke, vorbei und kaufen eine Flasche Sekt. Die Hexe verkauft dir ohne mit der Wimper zu zucken Alkohol und Zigaretten, schon seit Jahren. Wir nennen sie Hexe, weil sie aussieht, wie eine Hexe. Dein Vater meint, du sollst das nicht sagen. Bei dir zu Hause trinken wir Sekt und hören richtige Musik, The Fall, »Paintwork«.

Ein paar Tage später gehen wir zufällig am Koki[1] vorbei. Da wir noch nicht wissen, was wir abends machen sollen, gehen wir in den Film, der gerade läuft. Wir sehen »Koyaanisqatsi«, komischer Titel, aber ganz geile Musik.

1 Kommunales Kino im Künstlerhaus

Mittlere Reife

Keine Idioten. Wir sind endlich in der Oberstufe und du machst eine Entdeckung. Im Sommer 1986 streifst du durch die Straßen von Hannover auf der Suche nach Fotomotiven. Das ehemalige Goseriedebad ist ein schönes Gebäude. Es verfällt seit ein paar Jahren und hat auf der Rückseite ein Fenster, das nicht schließt. Man kann da einsteigen.

Du hast schon alles erkundet und weißt den Weg. Man geht durch das Fenster, durch den Keller, die Treppe hoch und dann ist man in einer der alten Schwimmhallen. Das ist ganz einfach. Ich zögere trotzdem. Von der kleinen Straße auf der Rückseite aufs Gelände zu kommen war leicht, das Tor war offen. Jetzt durch das Fenster einzusteigen, ist mir unangenehm. Dass das verboten ist, ist klar. Nur wie verboten, das weiß ich nicht genau. »Verboten?«, sagst du und grinst, »verboten ist es nur, wenn man sich erwischen lässt.« Ich schaue zum Fenster. Es ist ziemlich weit oben, ich weiß nicht, ob ich da ankomme.

»Na los, wenn jetzt jemand die Straße lang kommt, der sieht uns voll.« Du drückst das quadratische Fenster auf und willst mir hochhelfen. »Ich komm da alleine hoch, das schaff ich schon. Auf jeden Fall gehst du zuerst.«

»Wie du willst.« Du stützt dich mit dem Fuß am Geländer der Kellertreppe ab und verschwindest im Dunklen. Ich mach es genauso wie du, aber es klappt nicht, ich bin zu klein. Du bist zwanzig Zentimeter größer als ich, und die fehlen jetzt. »Ich bin zu klein«, rufe ich möglichst leise in das Fenster. Zuerst kommen deine Füße raus, danach der Rest von dir, wortlos springst du runter und machst mit den Händen eine Räuberleiter. Jetzt geht es: Geländer,

Hände, noch mal auf deine Schultern und ich bin drinnen. Drinnen ist es dunkel. Ich gehe einen Schritt zur Seite, damit du Platz hast. Jetzt kommt dein Kopf zuerst. Du zwängst dich durch das Fenster und stehst neben mir. Das Fenster ziehst du wieder hinter dir zu. Meine Augen gewöhnen sich an die Dunkelheit, wir sind in einer Art Wirtschafts- oder Aufenthaltsraum. Ein paar Metallspinde an der Wand, ein Tisch in der Mitte, auf dem noch eine Tasse steht, ein Waschbecken und neben der Tür lehnt ein Besen. Du grinst mich an und gehst vorneweg durch die offene Tür. Zuerst geht es eine Treppe runter. Im Kellergeschoss gehen wir an Rohren in den unterschiedlichsten Größen und an Tanks vorbei. Ich frage mich, was wohl passiert, wenn man einen der Hähne aufdreht. Dann geht es die Treppe wieder hoch, einen Gang entlang, durch eine Tür in die Männerumkleide und von da in die Schwimmhalle. Die Schwimmhalle ist tatsächlich eine Halle, zwei Schwimmbecken, einmal wahrscheinlich 50 Meter, mit Sprungturm, und noch ein kleines Becken. Natürlich leer. Die Kacheln sind braun, orange und grau. Alles original 50er. Nur die Fenster sehen anders aus, irgendwie schnörkeliger. An der Querseite führt eine Treppe nach oben zu einer Tür, vielleicht der Raum für den Bademeister, rechts daneben ist ein großes Fenster. Ich frage mich wieder, wenn man unten die Hähne aufdreht, ob hier dann Unmengen von Wasser reinströmen? Du stehst neben mir und sagst: »Geil, oder?« »Ja. Wow. Das ist Wahnsinn.« Durch zwei Flügeltüren geht es in die zweite Schwimmhalle, hier ist alles genauso wie in der ersten, nur etwas kleiner. Wir machen Fotos. Du bist stolz auf deine Kamera, eine Nikon. Du fotografierst mich an den Flügeltüren, sitzend auf der Bank, auf der Treppe vom Sprungturm und unten im Becken. Unten im Becken habe ich immer noch im Kopf, was wohl passiert, wenn das Wasser angedreht wird. Beim Rausgehen berühre ich einen der großen Hähne an den Wasserrohren, aber ich drehe nicht.

Das nächste Mal ist Josh dabei. Wir haben Klamotten für die Fotos mit. Ich habe einen Hut, ein Kleid, einen langen Schal, meinen Turnanzug und ein großes Stück Stoff dabei. In das Stück Stoff kann man sich einwickeln, man sieht dann aus wie eine Diva oder eine Römerin. Josh hat nur zwei unterschiedliche T-Shirts dabei. Das macht aber nichts, er sieht auch so gut aus. Alle Mädchen in der Schule finden Josh toll. Er ist sehr sportlich und hat dicke dunkle Haare. Ich rede fast nie mit ihm.

Ich gehe diesmal auch rauf auf den Sprungturm, aber nicht nach ganz vorn. Josh geht zwar weiter vor, aber auf das Sprungbrett geht er auch nicht. Ich bin ganz froh, dass er das nicht tut. Seit vier Jahren ist das Bad geschlossen, kein Mensch weiß, ob das Brett hält, und wenn man stolpert, ist es vorbei. Du gehst mit der Kamera am weitesten nach vorn. »Komm wieder her, bitte, was soll der Scheiß, du kannst dich doch nicht selber fotografieren. Sich selber fotografieren, das macht überhaupt keinen Sinn. Lass es, lass es einfach, ja.« Ich rege mich tierisch auf. Du lachst mich an und fängst an zu wippen. »Ich bin doch nicht bescheuert, ich fall da nicht runter.«

Einmal gehen wir abends ins Schwimmbad, mit einer Flasche Wein, Käse, Brot und Kerzen. Man muss vorsichtig sein, weil das Licht nicht nach draußen scheinen darf. Im Ghettoblaster singt Jim Reid: »The hardest thing that I can do, that I can do for you.« Bei »just like honey« frage ich dich nach dem Sprungturm. Abends gehst du da nicht rauf. »Ich hab Wein getrunken, nicht gut für die Balance. Ich bin ja nicht blöd.« Am Ende nehmen wir alles wieder mit, wir hinterlassen keine Spuren.

Und dann kommt Constanze mit und verplappert sich bei ihren Freunden aus der Vorstadt. Das nächste Mal finden wir die Reste von denen, Müll und Kerzenstumpen. Eine Woche später ist ein Artikel in der HAZ, Jugendliche in Goseriedebad eingebrochen. Die sind da noch mal mit einer ganzen Gruppe rein, haben Party gemacht und die Musik voll aufgedreht. Wahrscheinlich Wham. Dann sind alle mit dem Polizeibulli auf die Wache gefahren und wurden von Mami und Papi abgeholt. Die Idioten haben sich erwischen lassen. Wir sind keine Idioten. Im Artikel steht noch, wie seltsam es sei, dass alle Jugendlichen aus dem gleichen Ort kommen. Dem gleichen Kaff, aus dem auch Constanze kommt. Ja, sehr seltsam, und jetzt ist das Bad zu, das Fenster mit Brettern vernagelt.

Klein Schillerslage. Ich liege da und plappere, was gar nicht meine Art ist. Was ich für Pläne habe und dass ich nächste Woche auf jeden Fall ganz gesund sein muss.

Gute Nachrichten. Wir feiern. Deine Verweigerung ist durch und das ist ein Grund zu feiern. 20 Monate für nix arbeiten, statt 12 Monate von Irren angeschrien werden. Wir hören Talking Heads und ich tanze zu »Psycho Killer«. Du schaust mir beim Tanzen zu. Wir trinken Crémant von deinem Vater.

Klein Schillerslage. Der Mann verspricht mir, dass ich wieder ganz gesund werde. Ich frage mich, woher er das weiß.

Spanien. Wir stehen in Freiburg an einer Freiburger Raststätte, wir wollen nach Spanien. Bis jetzt ging alles gut, alle waren nett und wir mussten nie sehr lange warten. Interrail ist was für Weicheier. Du bist schon 17 und ich werde auch bald 17, wir sind ein gutes Team. Aber jetzt wird es dunkel. Du hast gesagt, wenn es dunkel wird, schlafen wir draußen, irgendwo in der Nähe der Raststätte. Ich schaue mich um. Draußen schlafen scheint für dich kein Problem zu sein.

Als ich vom Klo zurückkomme, hält ein Lkw und du redest mit dem Fahrer. Du winkst mich her und bist ganz aufgeregt. Die fahren nach Barcelona, morgen früh sind wir da. 24 Stunden. Das ist absolute Bestzeit, 24 Stunden Hannover – Barcelona. Dann steigst du ein. Ich stehe da und schaue dich an. Du zeigst auf den Lkw, der direkt dahinter steht. Die beiden Fahrer wirken etwas ungeduldig, die wollen los. Ich verstehe nicht. Unsere Abmachung war: niemals allein in ein Auto steigen. Ein Lkw ist ein

Auto, wenn auch ein großes. Du zeigst auf den anderen Lkw. Die beiden Fahrer werden noch ungeduldiger, machen ein paar Scherze, Mensch, Kleine, ich tu dir schon nichts. Ha, ha, ha. Der Junge vorne, das Mädchen hinten. Wir nehmen die von vorne und von hinten mit, ha, ha. Ich schaue dich weiter an, unsere Abmachung. Du drehst dich nicht um zu mir. Du steigst nicht aus, du nimmst mich nicht in den Arm, du sagst nicht, ich versteh dich. Du sagst: »Wenn du nicht mitkommst, fahr ich allein.« Ich steige ein.

Drinnen ist der Lkw zugepflastert mit Pornos. Der Fahrer findet es extrem lustig, mir zu erzählen, dass der ganze Lkw vollgeladen ist mit Kondomen. Wahrscheinlich ein Scherz. Nach einer Stunde sagt er: »Erzähl mir was, sonst schlaf ich ein.« Ich rede normalerweise nicht so viel. Als ich sehe, wie dem Fahrer die Augen zufallen, fange ich an. Das Einzige, was mir einfällt, ist Religion. Ich rede über den Einfluss der griechischen Mythologie auf das Christentum, über die Spaltung von Körper und Geist, über die Idee der Auferstehung, Platon, Paulusbriefe.

Ich lerne in dieser Nacht, wie man Fahrtenschreiber manipuliert, dass Kaffee am besten pur wirkt in Pulverform und ohne Wasser und dass Lkw-Fahrer am liebsten Lumumba trinken.

AWO. Du willst deinen Zivildienst bei der AWO machen. Die Stelle hat dein Vater besorgt. Ich kann mir nicht vorstellen, dass du besonders liebevoll mit Behinderten umgehst. »Ich soll die fahren, ich soll nicht mit denen kuscheln. Fahren kann ich.«

»Mh.«

»Außerdem sind die ja schon behindert.«

»Mh.«

»Ich fahr niemanden tot, ich bin nicht blöd.«

Das stimmt. Du bist nicht blöd. Du hast nur dreizehn Stunden für deinen Führerschein gebraucht, ich finde aber, das heißt noch lange nicht, dass man fahren kann. Und deine soziale Kompetenz halte ich für ausbaufähig. Du lachst und sagst: »*The boy with the thorn in his side, behind the hatred there lies, a murderous desire for love.*«[2] Na ja, vielleicht.

13. Stock. Ich renne immer von einer Seite auf die andere. Ich bin immer an der Seite, zu der sich dein Bett neigt.

Nötigung. »Vergewaltigung. Straftat gegen die sexuelle Selbstbestimmung, die in der Nötigung einer Frau mit Gewalt oder durch Drohung mit gegenwärtiger Gefahr für Leib und Leben zum außerehel. Beischlaf mit dem Täter selbst oder einem Dritten besteht. V. wird als Verbrechen mit Freiheitsstrafe nicht unter 2 Jahren und, wenn der Täter leichtfertig den Tod des Opfers verursacht, nicht unter 5 Jahren bestraft (§ 177 StGB).«

Steht zwischen Vergessen und Vergießen im Meyers von 1979. Das mit der Ehe find ich irgendwie strange.

Du hast mir ein Stück Plunder beim Bäcker um die Ecke als Entschuldigung angeboten. Ich habe abgelehnt. Was hätte ich tun sollen? Dauernd so Fragen. Dich anzeigen? Vielleicht hätte man mir mehr geglaubt als dir, weil ich eine Liebe bin. Vielleicht hätte es ein Elterngespräch gegeben, davon hattest du schon viele. In der zehnten

2 The Smiths, »The Boy With The Thorn In His Side«, 1986

Klasse fühlt man sich langsam zu alt für Elterngespräche. Komm, da müssen wir mal drüber reden. Seinen Pimmel in Frauen stecken, obwohl die das nicht wollen, das macht man doch nicht, das ist doch nicht ok. Tja, hier wäre das Elterngespräch, was allen total peinlich ist, endlich zu Ende und dann?

»Hallo Malik.«

»Hallo.«

»Ja, hallo. Hm, also. Also die Clo hat uns erzählt, dass ihr Sex hattet, also nicht einvernehmlichen, also, stimmt das Clo?«

»Ich heiße Claudette.«

»Ja, also die Clau-dette. Die wollte nicht, dass ihr's macht. Und sie hat gesagt, dass sie das nicht will, hast du doch gesagt?«

»Hab ich.«

»Also, sie hat das gesagt. Und dann hast du's trotzdem. Ja, warum ist sie denn nicht einfach weggegangen? Clo, warum bist du denn nicht einfach weggegangen?«

»Weil er stärker ist als ich.«

»Hm, ja, du bist stärker. Also, Malik, kannst du da irgendwas zu sagen?«

»Nö.«

»Clo, willst du da was zu sagen?«

»Ich heiße Claudette.«

»Ja, ja klar. Clau-dette, also richterlich, gerichtlich steht da jetzt Aussage gegen Aussage, so heißt das. Es wär sicher besser, wenn man sich da einvernehmlich einigen … Das ist ja doch besser, einvernehmlich. Clau-dette, wenn du willst, können wir das auch auf der Klassenkonferenz ansprechen, möchtest du das?«

»Ich glaub, nö.«

»Na super, da sind wir ja soweit klar. Elterngespräche und so, die sind ja außerhalb der regulären Unterrichtszeit, das bezahlt uns ja auch keiner. Wenn alles soweit klar ist, kommt gut nach Hause, ihr beiden. Und Malik: Immer schön vorsichtig. Und Clau-dette, immer schön locker bleiben, noch Fragen. Na also, geht doch.«

Das wäre vielleicht so ein Gespräch gewesen.

Er hat mich aufs Bett geworfen. Ich habe gesagt, dass ich das nicht will. Er hat gesagt, dass das doch nur Spaß ist. Ich habe gesagt, lass das, ich will aufstehen. Er hat mich festgehalten. So wie er seine Katze festhält. Ich habe Nein gesagt. Er hat mir die Anziehsachen ausgezogen. Ich hatte nicht viel an. Den Slip hat er durchgerissen. Als meine Mutter das später gesehen hat, hat sie ganz wissend mit den Augen gerollt. Ich habe nichts dazu gesagt. Zu ihm habe ich aber was gesagt. Ich habe gesagt: »Ich will das nicht, lass mich los, das ist kein Spiel.« Als mein Unterkörper nackt war, hat er seinen Pimmel in mich reingeschoben. Ich war knochentrocken. Das tat weh. Als er fertig war, hat er sich angezogen. Ich auch.

Draußen hat er mir ein Stück Plunder beim Bäcker um die Ecke angeboten. Das hab ich abgelehnt, obwohl der Plunder da gut ist. Mir war nicht nach essen.

13. Stock. Das Bett ist ein sehr teures Bett, das gibt es nur ganz selten, nur hier in Hannover und noch in ein paar anderen großen Städten. Das Bett ist wie eine große Wiege.

Spanien. Die Geschichte mit dem Fisch. Wir sind in Spanien, und wir sind heil dort angekommen. Die beiden

Lkw-Fahrer trinken glücklich ihren Lumumba, von dem sie die ganze Zeit geredet haben. Die ganze Zeit. »Wenn wir da sind, dann trinken wir aber 'nen schönen Lumumba, 'nen richtig ordentlichen Lumumba trinken wir, wenn wir da sind, nich? Klar, so 'nen richtigen Lumumba trinken wir, wenn wir da sind, das machen wir.« Zehn Minuten später, wieder über Funk: »Weißte was, wenn wir da sind, dann trinken wir aber 'n Lumumba, ne? Das find ich gut, das machen wir, so 'nen richtigen, schönen …« Manchmal haben sie länger nichts gesagt, dann sind dem Fahrer, der neben mir saß, die Augen zugefallen. Ich habe also erzählt, um ihn wachzuhalten, und wir sind angekommen. 36 Stunden waren die beiden ohne Pause unterwegs.

Spanien ist schön. Das erste Mal in meinem Leben werde ich am Strand schlafen. Der Sternenhimmel ist wunderbar, die Bucht einsam und pittoresk, der nahe Ort ist genauso pittoresk. Abends gehen wir essen, es ist alles wunderbar. Als wir zurückkommen zu unserer pittoresken Bucht, sind die Rucksäcke weg.

Geld haben wir mitgenommen, so doof sind wir auch wieder nicht. Alles andere ist weg.

Wir gehen zur Polizei. Das scheint uns logisch. Aber die spanische Polizei wartet nicht auf uns. Wir gehen der spanischen Polizei am Arsch vorbei. Keiner hört uns zu, alle sprechen Spanisch. Es interessiert keinen, was mit unseren Rucksäcken ist. Sie wollen uns rausschmeißen aus ihrer spanischen Polizeiwache. Ich merke, wie du neben mir anfängst wütend zu werden. Ich kenne dich, wenn du wütend bist. Langsam versuche ich, dich Richtung Ausgang zu bewegen, aber du willst nicht. Und die wollen dich nicht.

Er hätte dich nicht anfassen sollen, niemand hat das Recht, dich einfach so anzufassen. Das ist gemein und es ist gemein, dass die uns überhaupt nicht helfen wollen. Es ist ihr Job, uns zu helfen, sie tun ihren Job nicht. Und hilflose Touristen an der Schulter rausschubsen, ist das Letzte. Das finde ich auch. Aber spanische Polizisten hauen, ist nicht klug. Und in diesem ganzen Durcheinander, alle wollen sich hauen, das heißt, vor allem wollen viele Leute dich jetzt hauen, wir verstehen uns nicht und mit meinem weiblichen Charme seh' ich schon lange kein Land mehr, in diesem Durcheinander taucht der Fisch auf.

Der Fisch steht auf einmal da. Keiner hat ihn reinkommen sehen. Der Fisch spricht Spanisch und Französisch und er übersetzt. Jetzt klärt sich einiges, wir finden uns zwar noch alle doof, aber die spanische Polizei begreift, dass wir nur ihre Hilfe wollen, und wir begreifen, dass es einen Banküberfall gegeben hat und die Wache geschlossen werden muss, weil alle wichtig zum Banküberfall müssen. Unsere Rucksäcke müssen unter diesen Umständen bis morgen auf spanische Hilfe warten, das sehen wir ein. Wir sind dem Fisch sehr dankbar. Ein kleiner Mann, der aussieht wie ein Hering, hat dich vorm spanischen Knast bewahrt. Wir bedanken uns ausführlich, ausgiebiges Händeschütteln. Als der Fisch ablehnt, von uns auf ein Getränk eingeladen zu werden, bin ich sehr froh, weil ich todmüde bin. Wir finden ein offenes Hotel. Ich schlafe sofort ein.

Am nächsten Morgen willst du die Rucksäcke suchen. Suchen?! Die spanische Polizei wird sich auch nach ihrem Banküberfall kein Bein für uns ausreißen, das weiß ich genauso gut wie du. Die sind jetzt freundlich gleichgültig. Durch die unübersichtliche spanische Macchia zu stapfen, halte ich aber für blödsinnig. Wir kennen uns nicht aus, die Teile können überall sein, hinter jedem blöden Felsvorsprung können die sein, oben unten rechts links, wo anfangen? Zehn Minuten später stapfe ich durch die Macchia. Zwei Stunden später schreist du, ich hab sie.

Alles ist gut, der Urlaub kann anfangen. Kaffee trinken gehen, entspannen. Der Fisch kommt vorbei, wir bedanken uns noch mal. Wir trinken mehr Kaffee, entspannen uns weiter. Dieser Fisch hat die Fähigkeit, aus dem Nichts aufzutauchen. Plötzlich sitzt er am Tisch und ich weiß nicht, wie er da hingekommen ist. Wir verbringen den Tag mit Urlaub machen, rumgucken, baden, sonnen, essen. Ab späten Nachmittag bereite ich mich innerlich auf das erste Mal draußen schlafen vor. Wir liegen am Strand und freuen uns. Und da ist wieder der Fisch. Er steht mit den Füßen im Wasser und erzählt was über Fische. Es wird dämmrig und er erzählt weiter über Fische. Es wird Nacht und er erzählt was über Sterne. Wir machen uns zum Schlafen fertig, jetzt liegt der Fisch zwischen uns und erzählt weiter über Sterne. Ich finde Sterne auch schön, hatte mir die Nacht jedoch anders vorgestellt. Der Fisch erzählt einfach weiter. Er fragt dich, was La Luna auf Deutsch heißt. Du sagst, Backstein. Der Fisch schaut in die Nacht, er lässt sich das Wort auf der Zunge zergehen. Backstein, très beau.

13. Stock. Mein Gesicht war ziemlich zugeschwollen, als ich das erste Mal in die Intensivstation gekommen bin, aber dieser Arzt sah auch nicht gut aus. Vielleicht hat ihn sein Hund angefallen oder seine Frau.

Annenstraße. Du trägst deiner Nachbarin die Taschen hoch, immer. Die Einkaufstaschen. Deine Nachbarin ist zwischen siebzig und achtzig und sie hat einen Buckel. Sie wohnt einen Stock über euch. Am Dienstag- und Donnerstagnachmittag geht sie einkaufen, du weißt, wann sie kommt. Um die Zeit kommst du aus der Schule. Wenn sie noch nicht da ist, wartest du auf sie. Du stehst vor der Tür und rauchst eine, als würdest du gern da stehen und eine rauchen. Dann kommt Frau Storm. Du lässt deine Zigarette fallen und nimmst ihr die Taschen ab.

13. Stock. Der Arzt sagt zu mir: »Sie sehen ja schon besser aus.« Ich sage: »Sie auch.«

Spanien. Wir haben jetzt zwei Nächte am Strand geschlafen und alles ging gut. Wenn wir den Fisch sehen, versuchen wir uns zu verstecken. Manchmal gelingt das nicht. Wenn es nicht gelingt, machen wir höflich Konversation und müssen schnell los. Wir haben noch was vor, sagen wir. Es ist nicht so leicht, sich etwas auszudenken, weil man in Portbou nicht viel vorhaben kann. Heute haben wir tatsächlich was vor, weil wir auf Freunde warten. Die beiden müssten heute aus Hannover kommen, sie sind zwei Tage später aus Hannover weggetrampt und wir haben uns hier in Portbou verabredet. Meine beste Freundin und dein bester Freund, die kein Paar sind, denen ist wichtig, dass man das sagt. 1987 ist es nicht so leicht, sich in einem kleinen spanischen Städtchen zu verabreden, wenn man nicht genau weiß, wann man ankommt. Wir sitzen also im Café am Hafen, die Sonne scheint und wir warten. Der Fisch biegt um die Ecke, steuert unseren Tisch an und fängt direkt an zu reden. Ich sage, dass wir auf Freunde warten, die jeden Moment kommen und dass ich denen entgegengehe. Der Fisch will natürlich mit. »Je veux aller seulement«, sage ich. Das klingt zwar etwas barsch, aber ich gehe los und lasse dich mit dem Fisch alleine. Ich gehe Richtung Bahnhof, in irgendeine Richtung muss ich ja gehen. Du sitzt im Café und hast den Fisch am Hacken. Tatsächlich gehe ich nur zwei Straßen Richtung Bahnhof und sehe Sonja und Josh die Straße herunterkommen. Sonja hat einen riesigen Rucksack auf dem Rücken. Zurück am Café ist der Fisch weg. Wir sehen ihn danach nie wieder.

Die beiden sind gut durchgekommen, ihr Jungs macht euch über Sonja lustig, weil sie ein Zelt dabeihat. Ich finde das sehr sinnvoll. Auch in Spanien kann es regnen. Kann man sich im Moment nur schwer vorstellen, weil es heiß ist, blauer Himmel, keine Wolke zu sehen. Ihr müsst ja nicht in meinem Zelt schlafen, sagt Sonja, außerdem ist es ein Mädchenzelt, dass das mal klar ist. Du machst noch einen Spruch über paranoide Heimkinder, und hier könnte die Stimmung jetzt kippen. Zum Glück ist Josh da, der dich zurückpfeift. Wir scherzen noch ein bisschen hin und her und zeigen unseren Strand. Den Tag verbringen wir mit Sonnen, Lesen und Baden. Abends wollt ihr essen gehen. Sonja und ich wollen Geld sparen. Wir streiten uns ein bisschen. Ihr geht los, essen gehen und wir gehen einkaufen. Sonja und ich kaufen leckere Sachen ein, Brot, Schinken, Tomaten, Käse, außerdem noch eine Flasche Seven Oaks. Wir machen es uns am Strand gemütlich und haben einen netten Mädchenabend. Bei den ersten Regentropfen bauen wir das Zelt auf.

Als ihr zurückkommt, regnet es richtig heftig. Ihr wollt rein ins Zelt, aber wir lassen euch nicht. Pech gehabt, sage ich, wer blöde Sprüche macht, hat's verdient im Regen zu steh'n. Du heulst und winselst wie ein Hund: »Das war doch vorhin gar nicht so gemeint, sorry, es tut mir total leid, ich bin auch nur ein gestörtes Adoptivkind und ab jetzt bin ich nett und werde nie wieder so was sagen, außerdem war's 'ne total gute Idee, ein Zelt mitzunehmen, das ist ein echt gutes Zelt, das sah verpackt gar nicht so gut aus, aber bitte, bitte lasst uns rein.« »Ich glaub dir kein Wort, meinetwegen kann Josh rein, aber du bleibst draußen.« Sonja meint, das kann man nicht machen. Am Ende sitzen wir zu viert im Zweipersonenzelt. Zum Glück habe ich den Whiskey dabei. Du wunderst dich, dass wir den gekauft haben, hast du uns nicht zugetraut. Am Ende ist es ein netter Abend, obwohl der Whiskey nicht schmeckt. Am nächsten Tag habe ich Kopfschmerzen und stelle fest, dass ich auf einer Gabel geschlafen habe.

13. Stock. Ich rede viel. Wenn ich an der Seite stehe, zu der sich dein Bett neigt. Immer von der einen Seite auf die andere.

Spanien. Den nächsten Tag verbringen wir noch mal am Strand. Zwischendurch setzen wir uns ins Café. Dort kann man sich auch die Zähne putzen. Den Wirt stört es nicht, wenn man mit Zahnbürste und Zahnpasta Richtung Klo geht. Alle machen das so. Am Nachmittag fängt es wieder an zu regnen. Sonja und ich suchen uns ein kleines Hotel und überlassen euch das Zelt. Das ist sehr nett von Sonja, finde ich. Wir beide freuen uns aber auch auf eine ruhige Nacht und ein richtiges Bett. Ich habe jetzt schon drei Nächte draußen geschlafen und Sonja hat noch die 30 Stunden Tramptour in den Knochen. Das Hotel ist nicht teuer und wir verbringen beide eine Ewigkeit unter der Dusche. Das Hotel ist in einem schönen alten Haus, unser Zimmer ist groß und wir haben sogar einen kleinen Balkon. Abends liegen wir noch lange in den Betten und reden. Draußen wird der Regen lauter. Wir sind beide kurz vorm Einschlafen, als es klopft. Ich versuche das zu ignorieren, aber Sonja macht die Tür auf. Ihr seid beide ziemlich nass. Eure Steinchen am Fenster haben wir nicht gehört. Ihr habt euch an der Concierge vorbeigeschlichen, jetzt steht ihr im Zimmer und tropft den Boden voll. Während ihr euch mit unseren Handtüchern abtrocknet, erklärt ihr, dass euer Plan ist, bei uns im Zimmer zu übernachten und euch morgens rauszuschleichen. Ich finde den Plan nicht so toll und ich bin mir ziemlich sicher, dass das verboten ist. Man kann die bestimmt überreden, dass wir einen Aufpreis bezahlen und ihr ganz offiziell hier übernachtet. Wollt ihr aber nicht. Wir streiten flüsternd hin und her. Ihr legt euch dann mit euren Isomatten auf den Boden. Nachts versuchst du, vom Boden in mein Bett aufzusteigen, aber ich hab die Nase voll, ich will schlafen, außerdem ist das hier jetzt ein Viererzimmer.

Morgens scheint die Sonne. Sonja steht grad unter der Dusche, als es gegen die Tür hämmert. Die Hotelbesitzerin steht vor der Tür, sie ist sehr böse, weil wir zu viert im Zimmer übernachtet haben, so verstehe ich das jedenfalls oder denke mir das, weil sie ja Spanisch spricht. Ich stelle mich doof und erkläre auf Französisch, wie sie denn darauf kommt. Sie will unbedingt ganz rein ins Zimmer und drängelt sich an mir vorbei. Das Zimmer ist leer. Ich erkläre, dass meine Freundin nackt unter der Dusche steht, und dass sie da nicht rein könne. Das kann auch ganz schön dauern, wenn die duscht, was nicht gelogen ist.

Die Hotelbesitzerin schreit noch ein bisschen rum, reißt die Schränke auf, guckt auf den Balkon, und geht wieder.

Die Tür ist zu und Josh kommt mit Sonja aus der Dusche, du kommst draußen hinterm Fensterladen vor. Euer Gepäck hast du über dem Kopf gehalten, ganz schöner Balanceakt. Ihr schleicht euch über den Flur nach draußen. Das Gepäck werfen wir über den Balkon. Die Hotelbesitzerin kriegt das natürlich mit, aber sie ist zu langsam, um euch zu verfolgen. Als wir dann, mit strahlendem Lächeln und frisch geduscht, bezahlen wollen, geht der Ärger los. Ich rate, was die Hotelbesitzerin sagt, und antworte auf Französisch, was sie zu verstehen scheint. Das geht eine Weile so. Sonja steht die ganze Zeit schweigend neben mir. Sonja kann kein Französisch. Irgendwann gibt mir Sonja ihr Portemonnaie und geht. Ich streite mich weiter. Am Ende zahle ich einen Aufpreis. Die Wirtin ist zufrieden. Ich treffe euch im Café am Hafen. Ihr habt alle super Laune, ich bin ziemlich genervt. Ich habe eine Stunde lang auf Französisch/Spanisch gestritten, während ihr gemütlich Kaffee getrunken habt. Als ich euch alles erzähle, auch von dem Aufpreis, seid ihr völlig entspannt. Ist doch klar, dass wir das zahlen, wir hätten auch noch mehr gezahlt.

13. Stock. Ich weiß nicht mehr, was ich dir erzählen soll. Also schreibe ich dir zu Hause ein Märchen und lese es dir am nächsten Tag vor.

Spanien. Ihr habt weiter wunderbare Laune. Ich finde, dass ich ganz gut verhandelt habe und das trotz Sprachschwierigkeiten. Das ist aber nicht mehr Thema. Darum geht's gar nicht. Du fängst an, dich über mich lustig zu machen. Du findest mich spießig, ich soll mich mal locker machen, sagst du. Ich finde, du hättest dich auch selber mit der keifenden Spanierin streiten können, statt abzuhauen. Ich sage, dass ich dich verlogen und bequem finde. Du antwortest darauf, dass du in solchen Kategorien gar nicht denkst, ich das aber sowieso nicht verstehen würde, dafür wäre ich viel zu langweilig und selbstbezogen. Sonja und Josh sagen jetzt nichts mehr. Ich schreie dich an, dass du das lassen sollst. Das findest du lustig. Sonja geht da leise rein, »na, heute Nacht regnet's sicher nicht«. Aber hier helfen keine Bemerkungen übers Wetter mehr. Im Café läuft grad »Boys Don't Cry«. Keiner von uns beiden heult. Du sagst, du möchtest nach Figueras fahren, wo ich eh nicht hinmöchte, was stimmt, ich mag Dalí nicht. »Aber wenn's so ist, trennen wir uns halt. Ich kann mit Josh zum Museum fahren und du kannst am Strand liegen.« Ich möchte nicht am Strand liegen, ich finde nur Dalí doof. Aus mir eine Badenixe zu machen, die sich für nichts interessiert, ist ungerecht. Außerdem will ich nicht allein nach Hannover zurück. Du hast mir versprochen und ich habe meiner Mutter versprochen, dass ich niemals alleine trampe, immer mit dir, immer mit einem Jungen, niemals allein oder allein mit einem Mädchen.

Ich sage: »Gut, dann fahr ich mit Sonja weiter.«

Heute gehen wir nicht mehr schwimmen. Ich hab noch keinen Kaffee getrunken, als ich zum Bahnhof gehe. Am Bahnhof frage ich nach Zügen Richtung Süden, die Küste runter.

Das mit dem Trampen heben wir uns für später auf. Für die Strecke nach Hannover haben wir nicht genug Geld, aber fünfzig Kilometer weiter, dafür reicht es. Am Nachmittag gibt es eine gute Verbindung. Wir sitzen schon im

Zug, ich schaue aus dem Fenster, da sehe ich dich auf dem Bahnsteig. Als du mich siehst, rennst du los. Du stürmst in unser Abteil, küsst mich, das heißt du nimmst mich und steckst mir deine Zunge in den Mund, und läufst wieder raus.

13. Stock. Ich rede und rede. Die Schwester hat gesagt, wenn ich neben deinem Bett stehe und rede, geht dein Puls ruhiger, das kann sie sehen.

Spanien. Den Rest des Urlaubs verbringen Sonja und ich in einer seltsamen Jugendherberge am Meer. Das Wetter hat gewechselt, es ist jetzt meistens trüb und Nieselregen. Deswegen hat man nicht viel vom Strand, der direkt vor der Tür ist. Der Strand sieht hier ganz anders aus, mehr so wie bei uns an der Ostsee, er ist lang und breit und es gibt Dünen. In der Jugendherberge ist es ziemlich leer, meistens haben wir das Zimmer für uns. Einmal ist eine Familie da, die eine Radtour macht, danach eine Gruppe Jugendlicher, die unglaublich langweilig sind, irgendwelche Sportler. Es sind Deutsche, leider versteht man, was sie sagen. Wenn der Regen nicht zu stark ist, gehen wir spazieren, sonst liegen wir auf den Betten und lesen. Im Sommer muss hier viel los sein, rechts den Strand runter sind riesige Hotels und ein Yachthafen. Die meisten Restaurants sind zu. Die leeren Segelboote schaukeln hin und her und machen so ein Plingpling-Geräusch. Weil es die ganze Zeit grau und neblig ist, sehen die leeren Häuser ein bisschen unheimlich aus.

Obwohl es hier öde ist, macht keine von uns beiden den Vorschlag, sich auf den Weg zurück zu machen. Nach einer Woche können wir es nicht weiter aufschieben, die Bücher sind ausgelesen und die Herbstferien haben auch ein Ende. Wir besprechen, dass wir bis zur Grenze trampen, bis zu dem Platz, wo die ganzen Lkws stehen und dann machen wir es umgekehrt, wir sprechen die Fahrer an. Auf die Weise suchen wir aus und werden nicht ausgesucht. Das ist bestimmt besser.

Am nächsten Morgen stehen wir an der Landstraße und halten den Daumen raus. Es dauert keine fünf Minuten, bis das erste Auto hält. Der Fahrer ist sehr besorgt, weil wir zwei Mädchen alleine unterwegs sind, er sagt, das ist gefährlich.

Am Grenz-Lkw-Umschlagplatz, da wo die beiden Fahrer vom Hinweg endlich ihren Lumumba getrunken haben, stehen wir erst eine Zeit lang rum. Wir gucken uns die Fahrer an und überlegen, wer sieht nach Vergewaltiger aus und wer nicht. Das ist gar nicht so einfach. Wenn wir uns einig sind, muss natürlich eine los und den anquatschen. Machen wir beide nicht gern, wir schmeißen eine Münze und Sonja verliert. Der Fahrer, den Sonja angesprochen hat, ist sofort bereit, uns mitzunehmen. Er fährt bis Lyon, was eine gute Strecke für uns ist. Wir sind kaum losgefahren, da sagt er, dass das ja ganz schön gefährlich ist, so zwei Mädchen allein unterwegs. Wir erklären ihm, dass wir keine andere Möglichkeit haben, weil mein blöder Freund mit seinem Freund allein zurück ist. Nein, der ist nicht schwul, wir haben uns gestritten. »Und denn lässt der so 'ne süße Kleine allein in Spanien zurück, dem würd ich aber mal Bescheid sagen«, sagt der Lkw-Fahrer. Bevor ich mir weitere Beziehungstipps vom Lkw-Fahrer abhole, wechsele ich schnell das Thema, mir fällt nur Wetter ein. Zum Glück ist Sonja da, die die weitere Konversation übernimmt. Kurz vor Lyon fängt der Lkw-Fahrer an, an seinem Funkgerät zu hantieren. Er funkt jeden näherkommenden Lastwagen an: »Leute, ich hab hier zwei Mädchen, die wollen nach Hannover, wie sieht's aus, aber Finger weg von denen, wenn ich da was höre, geb ich euch aber Bescheid.« Kurz vor Lyon steigen wir um in einen Lkw nach Karlsruhe. Dieser Fahrer ist ein bisschen anders als die andern, er erzählt von seiner Familie, dass er eine Tochter in unserem Alter hat und er will, dass die Abitur macht. Er guckt uns an und sagt: »Also, mein Kumpel, der nimmt auch Tramper mit, halt Mädchen, und wenn die nicht wollen, das ist dem egal. Der macht das trotzdem mit denen, das find ich nicht in Ordnung.«

Wir finden das auch nicht in Ordnung. Es wird jetzt langsam dunkel. Die Nacht will der Lkw-Fahrer auf dem Rasthof verbringen, weil er seine Ruhezeiten einhält. Der Fahrer schläft in seiner Koje, Sonja auf den Sitzen und ich auf dem Boden vorm Lastwagen auf meiner Isomatte. Das ist zwar nicht so bequem und der Platz zwischen zwei Lkws ist auch nicht hübsch, ist mir aber lieber als mit dem Lkw-Fahrer in der Kabine. Morgens geht es weiter. Kurz vor Karlsruhe werden wir zum zweiten Mal über Funk weitervermittelt. Der nächste Lkw fährt bis Hamburg und kann uns in Hannover absetzen. Dieser Fahrer redet sehr viel. Dass er aus Italien kommt und die Italiener nicht Autofahren können, das Einzige, was die können, ist Pizza machen, und wie die Pizza zu sein hat, dass er am liebsten nach Polen fährt und normalerweise nimmt er keine Tramper mit, aber bei so süßen Mädels da macht er gern 'ne Ausnahme, dass früher alles besser war, und die Autobahnen, wer hat die gebaut, dass muss man ja auch mal sagen dürfen, nicht nur meckern, so'n Adolf, den könnten wir heut auch wieder brauchen in Deutschland. Wir nicken und versuchen zu lächeln. Als der Satz mit dem Adolf fällt, will ich was sagen, aber Sonja tritt mir vorher gegen's Schienbein. Im Radio läuft »Wonderful, wonderful World«. Am Ende macht er noch einen kleinen Umweg und lässt uns Hannover-Lahe raus, direkt an der Bushaltestelle.

13. Stock. Vor mich hin zu plaudern macht mir Mühe. Ich versuche mein Bestes. Das tue ich seit Wochen. An deinem Zustand hat sich nicht viel geändert. Vielleicht weil mir keine guten Geschichten einfallen.

Spanien. Zu Hause angekommen, erzählt mir meine Mutter, dass du ein paarmal angerufen hast. Ihr seid schon seit drei Tagen zurück.

Liebe. Du hast vor meinem Fenster »Clo, ich liebe dir« gesprüht.

Es ist kalt und nass und ich bin spät dran, als ich sehe, dass auf dem Gehweg vor meinem Fenster Farbe ist, Buchstaben. »Clo, ich liebe dir«, steht da. Nicht nur für mich lesbar, sondern auch für alle andern.

Als ich das in der U-Bahn, wenige Minuten später, meinen Mitschülerinnen erzähle, kann ich ihre Reaktionen nicht deuten.

Wochenende. Freitag, 15.00 Uhr, ich komme aus der Schule, ich bin in der elften Klasse. Meine Mutter ist vor mir da, das ist gut, das heißt ich muss nicht kochen. Wer zuerst zu Hause ist, kocht. Es gibt Nudeln und Soße und Wein. Bei uns gibt es meistens zum Essen Wein. Meine Mitschüler finden das cool, ich find es normal. Da es Freitag ist, trinken wir beide einen Schluck zu viel Frascati, meine Mutter macht nach dem Essen Mittagsschlaf, der ist heilig. Mittagsschlaf ist ganz wichtig. Ab und zu mache ich auch Mittagsschlaf. Wenn ich Mittagsschlaf mache, liege ich drei Minuten ausgestreckt auf dem Bett, das reicht. Danach könnte der Tag weitergehen. Dieses Wochenende ist ein Mutter-weg-Wochenende, das heißt meine Mutter packt ihre Sachen, das macht sie heute Abend schon, dann gucken wir zusammen Fernsehen und morgen früh fährt sie um 5.00 Uhr los zu ihrem Freund nach Bad Segeberg. Sie fährt extra erst morgen früh, damit wir noch einen Abend haben. Das macht sie für mich. Wenn ich am Samstag früh aufwache, ist die Wohnung also leer. Manchmal treffe ich mich mit einer Freundin, aber eher selten. Die sind bei ihrer Familie, der Onkel ist zu Besuch, der Hund muss zum Arzt, der Garten muss gemacht werden. Wir haben keinen Garten. Ich rufe nur einmal an, wenn überhaupt. Ich versuche schon in der Schule rauszufinden, wie die Lage ist und rufe am Wochenende lieber gar nicht an. Ich mag nicht gerne hören, wenn mir jemand absagt, weil der Hund zum Arzt muss.

Nachdem ich aufgestanden bin und gefrühstückt habe, überlege ich, ob ich wen anrufe, den ich dann nicht anrufe, oder ob ich jemanden anrufe und eine Abfuhr kriege. Ich warte ein bisschen. Meistens rufst du an. Wir telefonieren meistens lange. Und meistens erzählst du, dass du mit deinen Freunden nach Elze in die Disco fährst, dass das komplett öde ist und man da vor allem nicht wegkommt, aber die haben gefragt und du kommst mit. Ich finde das hört sich nicht nach einer Einladung an. Einmal habe ich nachgefragt und du hast gesagt, dass das richtig scheiße ist, und das Problem, wenn ich mitkommen würde, wäre halt, dass ich da bis morgens ausharren muss, weil man da nicht wegkommt. Man ist halt angewiesen auf, da hast du irgendeinen Namen gesagt, und das ist für ein Mädchen echt doof.

Nachdem wir fertig telefoniert haben, mache ich mir was zu essen, oft backe ich auch einen Kuchen, einen Apfelkuchen, aber einen ganz kleinen, weil ich nicht dick werden will. Anschließend gehe ich spazieren. Vor unserer Haustür ist der Stadtwald, der heißt Eilenriede. Ich gehe sehr lange spazieren. Im Sommer ist mir mal ein Exhibitionist gefolgt, das war sehr unangenehm, der ist mir hinterhergelaufen und wollte mit mir reden und hat sich die ganze Zeit einen runtergeholt. Ich bin schneller gegangen und als ich Leute getroffen habe, habe ich denen gesagt, dass da ein Verrückter unterwegs ist. In der Eilenriede sind öfter Verrückte unterwegs. Wenn ich von meinem Spaziergang zurückkomme, esse ich den Apfelkuchen.

Ich bringe von meinem Spaziergang Blumen mit, Waldblumen. Die stelle ich auf den Küchentisch. Das sind so Wochenenden.

13. Stock. Die Schwestern und Pfleger sind nett zu mir, ich gehöre inzwischen dazu. Sie behandeln mich so, als würde ich zum Inventar gehören.

Ausflug. Du hast deinen Führerschein gemacht und dir einen alten VW gekauft. Ein schönes Auto. Leider ist der Anlasser kaputt. Man muss am Berg parken, damit das Auto rollen kann, bis es anspringt. Wenn man das nicht macht, schiebt man. Also, ich schiebe, weil du ja im Auto sitzen musst, wenn es anspringt. Wir machen gern

Ausflüge, wir fahren los und gucken, wo wir landen. Wie damals in La Rochelle, nur jetzt mit einem Auto. Wir fahren durch die Gegend, wir sehen Felder und Kaliberge und Felder.

Es gibt hier keinen Grund, anzuhalten. Außerdem ist es flach und ich habe keine Lust, zu schieben. Du erzählst von deinen Zukunftsplänen. Du willst Fotograf werden, natürlich ein ganz besonders guter und deswegen willst du auf die beste Fotoschule gehen und die gibt es in Arles. Im Sommer willst du dir die angucken. Mir fällt auf, dass du den Sommer offensichtlich ohne mich planst. Dazu sage ich nichts. Ich sage, dafür müsstest du allerdings besser Französisch sprechen. Das findest du spießig, Französisch ist leicht und man lernt es sehr schnell. Deswegen hast du auch sieben Punkte in Französisch und das nur, weil die Französischlehrerin dich besonders mag. Du findest die Französischlehrerin auch super und sie ist eben besonders streng zu dir. So reden wir weiter, bis wir einen Berg finden. Auf dem Berg steht eine Burg. Das Auto bekommt einen guten Parkplatz und wir schauen uns zusammen die Marienburg an. Wir laufen mit einer Gruppe Touristen in Filzschlappen durch die Burg und lernen etwas über die Marienburg. Ich finde die Burg sehr hübsch, ich mag Burgen. Wir werden ein paarmal ermahnt, dass wir nix anfassen sollen. Außerdem kommt es nicht so gut an, dass wir uns über die amerikanischen Touristen lustig machen, die aber extrem lustig aussehen in Shorts, Sandalen und Socken. Außerdem sind sie rührend begeistert. Du sagst dem Führer, dass es nicht schlimm ist, sich über die lustig zu machen, weil sie uns sowieso nicht verstehen. Danach machst du dich über den Führer lustig, über sein Englisch. Der spricht allerdings besser Englisch als du Französisch. Das überhörst du. Du fragst den Führer über die Rolle der Welfen im Dritten Reich aus, also du versuchst es. Er antwortet nicht. Auch als du ihn lauter fragst, antwortet er nicht. Auch auf Englisch kommst du nicht weiter. Ich glaube, wir sind kurz davor, rausgeschmissen zu werden. Aber das traut er sich nicht. Am Ende ist er froh, dass er uns los ist. Die Führung war ein bisschen komisch, aber die Burg ist hübsch. Wie im Bilderbuch. Auf dem Parkplatz will uns jemand unbedingt beim Schieben helfen. Das ist sehr nett, wobei du am Berg geparkt hast, so dass niemand schieben muss. Trotzdem ist es nett.

Wir fahren weiter durch die Gegend und werden an diesem Tag noch richtig rausgeschmissen. In einem kleinen Dorf gibt es ein Gut. Und da ein Gut ja fast ein Schloss ist, wollen wir davon so viel wie möglich sehen. Es ist aber kein öffentliches Gut, sondern es gehört jemandem ganz privat. Da das Tor offen steht, gehen wir rein. Es muss jemand sein mit sehr viel Geld, es stehen jedenfalls einige teure Autos im Hof. Das macht uns neugierig. Wir versuchen, durch die Fenster zu gucken. Ich stehe auf deinen Schultern und gucke durch ein Fenster, in einen großen Raum mit riesigen Bildern an der Wand. Moderne Bilder, ich würde sagen, Öl auf Leinwand. Das ist der Moment, in dem wir rausgeschmissen werden. Der Mann ist sehr unfreundlich, er sagt, wir sollen abhauen. Du versuchst, ihn in ein Gespräch zu verwickeln, aber das klappt nicht. Am Ende gehen wir und gucken am Tor genau aufs Namensschild, Baselitz steht da.

Wir fahren zurück nach Hannover, was glücklicherweise überall ausgeschildert ist. Felder, Kaliberge, Felder. Du lässt mich bei mir zu Hause raus, natürlich ohne den Motor auszustellen, und fährst weiter. Ich weiß nicht, was du heute Abend machst. Du machst auf jeden Fall etwas ohne mich.

Klein Schillerslage. Ich liege da und höre, wie jemand sagt: »Der Junge kommt in den Hubschrauber.« Du darfst mit dem Hubschrauber fliegen, das wird dir gefallen.

Urlaubsgeschichten. Du rufst mich an, weil du vom Portugal-Urlaub zurück bist. Du bist diesen Sommer allein nach Portugal getrampt, du warst vier Wochen unterwegs. Jetzt bist du grad angekommen und ich soll vorbeikommen. Ich nehme meine Sachen, setz mich aufs Fahrrad und fahre zu dir in die Annenstraße. Du siehst müde und gleichzeitig aufgekratzt aus. Du empfängst mich überschwänglich mit wilder Küsserei an der Tür. Ich finde, du hättest wenigstens duschen können. Wir sind beide schnell ausgezogen und liegen auf deinem Bett. Du erzählst viel, du machst jetzt nicht mehr solche Anfängerfehler, wie wir früher. Du hast nette Autofahrer kennengelernt, die dich eingeladen haben, du hast auf dem Weg in Orange die Cure live gesehen, darum beneide ich dich, du hast in Barcelona auf einer Parkbank übernachtet, Tage und Nächte am Strand verbracht. Einmal bist du am Strand bei 40 Grad in der Sonne eingeschlafen. Du hast ziemliche Brandnarben auf dem Rücken, was dich überhaupt nicht stört. Du hast zwei total nette Mädchen kennengelernt, die unglaublich cool waren und mit denen du eine Zeit lang unterwegs warst. Du erzählst mir von den Mädchen, woher sie kamen, was sie anhatten, dass die eine nur ein T-Shirt zum Wechseln dabei hatte und einen Kosmetikkoffer, das findest du obercool. Du erzählst mir, wie ihr beide Sex hattet und welche Kondome ihr benutzt habt.

Aufnahme. Das Auto kommt an und dann geht alles sehr schnell. Es piept und summt, ich höre viele Stimmen und schnelle Schritte. Der Hubschrauber ist kurz vorher angekommen. Ich höre wie jemand im Nebenraum ruft: »Sollen wir bei dem Jungen einen Aidstest machen?« Ich denke, besser ist das.

Urlaubsgeschichten. Einige Tage nachdem du aus deinem Portugal Urlaub zurückgekommen bist, zeigst du mir deine Fotos, die du grad selbst entwickelt hast. Alles schwarz-weiß, hauptsächlich Porträtfotos. Du bist sehr stolz auf deine Porträtfotos, dunkelhaariges Mädchen vor hellem Hintergrund. Ich kann deine Begeisterung nicht teilen.

Getrennte Wege

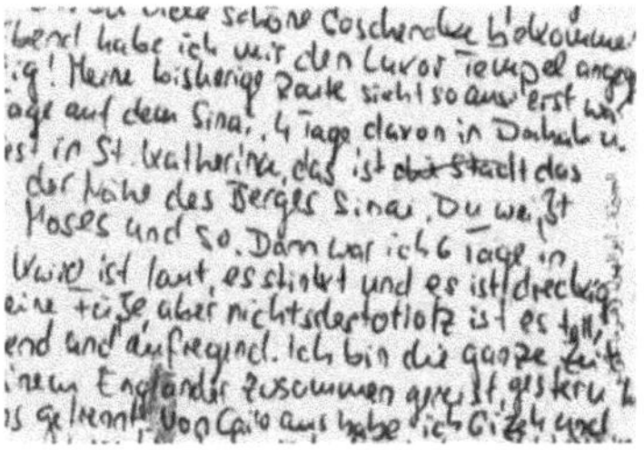

Liebste Clo, *01. 11. 89, Luxor*

3 Mal herzlichen Glückwunsch zum Geburtstag u. 1000 Mal Entschuldigung, daß ich erst jetzt schreibe. Ich hoffe doch, daß es Dir gut geht u. daß du viele schöne Geschenke bekommen hast. Eben habe ich mir den Luxor Tempel angeguckt. Prächtig! Meine bisherige Route sieht so aus: erst war ich 6 Tage auf dem Sinai, 4 Tage davon in Dahab u. den Rest in St. Katharina das ist ~~die Stadt~~ das Dorf in der Nähe des Berges Sinai. Du weißt Moses und so. Dann war ich 6 Tage in Kairo. Kairo ist laut, es stinkt und es ist dreckig wie deine Füße aber nichtsdestotrotz ist es toll, spannend und aufregend. Ich bin die ganze Zeit mit einem Engländer zusammen gereist, gestern haben wir uns getrennt. Von Cairo aus habe ich Gizeh und Sakkara besichtigt – tierisch.

Alles Liebe und bleib mir treu Malik

Ich lese das und denke »Spaßvogel«. Seit über einem halben Jahr sind wir nicht mehr zusammen. Aber nach so langer Zeit kann man solche Scherze machen. Schon Okay.

Spaziergang. Es ist ein Dienstagvormittag, ich bin zu Hause und liege auf dem Bett und lese. Das Reclam-Heft ist langweilig, deswegen bin ich ganz froh, als es klingelt und du vor der Tür stehst. Du willst mit mir spazieren gehen. Wir haben länger nichts voneinander gehört, seitdem du aus Ägypten zurück bist. Es ist zwar kein Spaziergehwetter, sondern Januargrau, aber warum nicht. Du erzählst, dass du frisch verliebt bist oder so ähnlich. Nein, fest zusammen seid ihr noch nicht. Was denn nun? Eigentlich zusammen, ja, aber nicht ganz offiziell. »Du meinst, sie ziert sich noch, kann ich verstehen.« »Sie will es langsam angehen lassen.« Alles, was du erzählst, klingt gut. Ich glaube, ich mag deine neue Freundin oder deine angehende neue Freundin. Du siehst ein bisschen anders aus, weil du keine Brille aufhast. Ich finde das ungewohnt. Du bist ganz euphorisch, weil die Kontaktlinsen neu sind. Heute Morgen bekommen. Du fasst dir ständig an die Nase, um zu überprüfen, dass da wirklich nichts ist und du trotzdem gucken kannst. Wir haben beide letzten Sommer Abi gemacht, wir sind auf dem Sprung, das Leben wartet auf uns. Du bist tatsächlich dabei, dich in Arles zu bewerben. Auch ich bewerbe mich, aber ich weiß noch nicht, wo es mich hintreibt. Seit drei Wochen habe ich einen neuen Freund. Der neue Freund wohnt in Hamburg und studiert schon. Das hört sich ziemlich cool an und es macht Spaß, dir das zu erzählen. Mit meinem letzten Freund konntest du nichts anfangen, aber du findest, der Neue klingt gut. Du schreist, »ich seh' nichts, die Linsen sind weg«. Wir liegen beide auf meinem Bett, angezogen. »Weiche Linsen fallen nicht raus, harte andauernd, die hab ich oft genug gesucht.«

Wir fangen trotzdem an, deine verlorene Linse zu suchen, bis du sagst: »Doch nicht, alles gut, ich seh' dich scharf«, dann guckst du mich an und ich sage: »Vergiss es.«

Du hast einen alten klapprigen Ford Fiesta, mit dem fahren wir Richtung Land. Irgendwo Richtung Heide. Da die Heide im Moment sowieso nicht blüht und genauso grau aussieht wie der Rest von Niedersachen, halten wir vorher an. Du parkst das Auto an einem Feldweg, der ganz hinten zu einem Haus führt. Vielleicht kann man von da aus ein bisschen über die Felder laufen. Da wir nicht auf dem Privatgrundstück parken wollen, steht das Auto jetzt am Rand des Feldwegs, kurz vor der Landstraße am Ortsschild von Klein Schillerslage. Wir laufen los, für Januar ist es relativ warm, zwischendurch Nieselregen, aber es kommt auch die Sonne durch. Ich frage dich, wie du das denn nun machen willst in Arles mit der Sprache. Die Sprache ist gar nicht so wichtig, sagst du, die Fotoschule ist international und im ersten Semester kommt man wahrscheinlich mit Englisch durch, die Mappe, die du einreichen musst, ist das Problem. Ich glaub nicht, dass man in Frankreich mit Englisch durchkommt. »Doch, doch, mach dir mal keine Sorgen.«

Ich mach mir keine Sorgen um dich.

Hinter dem Privathaus gibt es tatsächlich einen Weg Richtung Wald. Wir gehen durch den Wald, der eher ein Wäldchen ist. Ein kleiner Pfad zwischen dünnen Birken, danach geht's weiter am Feldrand. Später überqueren wir eine Bundesstraße, auf der anderen Seite sind wieder Felder. Du erzählst, dass du dich weitergebildet hast. Wie weitergebildet? Wir waren damals echt naiv und unerfahren. »Ich bin jetzt viel besser im Bett. Solltest du ausprobieren«, du grinst mich an, »ich hab wirklich viel gelernt.« Ich habe kein Interesse, mit dir noch mal Sex zu haben, absolut nicht. Du versuchst, mich weiter zu überreden, was anfängt, mir unangenehm zu werden. Außerdem, was heißt denn damals. Wir sind jetzt ein knappes Jahr nicht mehr zusammen. »Du bist doch kein Sex-Opa, mit allen Wassern gewaschen und die tollsten Tricks in der Tasche.« »Du würdest dich wundern.« Ich versuche das Thema zu wechseln. »Guck ma', die Krähe da, die sieht ja lustig aus.« Wir stehen auf einem kleinen Hügel, nicht sehr hoch, mehr eine Welle. Rechts und links sind Felder und ich bekomme langsam kalte Füße. Du sagst, da ist keine Krähe und außerdem sind Krähen nicht lustig. Du nimmst mich und küsst mich. Ich will das nicht. »Ich will das nicht, lass mich los.« Du lässt mich los und grinst mich an. »Ich hab kalte Füße, ich will zurück«, sage ich. Wir gehen einmal um den umgepflügten Acker herum, über die Bundestraße, von da sieht man schon das Wäldchen. Meine Schuhe sind matschig und die Füße inzwischen richtig kalt. Wir reden jetzt nicht mehr so viel. »Das nächste Mal beiß ich dir die Zunge ab.« Glaubst du mir natürlich nicht. Der Ford steht noch da, wo du ihn geparkt hast. Ich gehe aufs Auto zu und du lachst. »Ihr hattet früher einen Viertürer, stimmt's.« »Hä, wieso?« Ich bin zur falschen Seite gegangen. Na, so lustig ist das auch nicht.

Hier bricht meine Erinnerung ab.

Ich bin der einzige Mensch, der dich je ohne Brille gesehen hat.

Ich öffne die Augen und sehe Glas, eine zersplitterte Glasscheibe. Ich schmecke Blut. Es ist still, ich höre eine

Stimme: Bewegen Sie sich nicht, Hilfe ist unterwegs. Ich kann mich sowieso nicht bewegen. Ich versuche, den Kopf zur Stimme zu drehen, auch das geht nicht. Bewegen Sie sich nicht. Ich sitze, ich atme, ich höre und sehe was. Ich bin weg.

Das Auto kam von links, es war ein VW-Bulli und er fuhr mit überhöhter Geschwindigkeit. Du wolltest zurück auf die Landstraße einbiegen und hast die Geschwindigkeit falsch eingeschätzt. Wahrscheinlich hast du gedacht, das schaff ich noch.

Ich liege auf einer Matte. Es bewegt sich unter mir ganz gleichmäßig. Die Matte wird aufgeblasen. Ich höre nur noch Geräusche, Motorenlärm, Stimmen. Jemand ruft: »Der Junge kommt in den Hubschrauber.« Dann bin ich wieder weg. »Das Mädchen kommt zurück«, höre ich. Und wieder bin ich weg.

Ich liege im Krankenwagen. Ich plappere wie ein Wasserfall. Die Sanitäter im Krankenwagen sind nett. Ich mag die. Ich erzähle, dass ich nächste Woche eine Aufnahmeprüfung habe, dass ich da auf jeden Fall fit sein muss. Kann er mir nicht garantieren, sagt der Sanitäter. »Muss ich aber. Ich glaube, Sie verstehen nicht, das ist wichtig. Es geht nämlich um Theater und sonst muss ich bei dieser Schule ein Jahr warten. Warum gibt's hier eigentlich keine Sirene? Zu einem Krankenwagen gehört doch wohl eine Sirene. Wenn ich mal in einem richtigen Krankenwagen fahre. Ein ganzes Jahr muss man da warten bei dieser Schule und ich werd auch nicht jünger, ich bin ja schon 19. Aber ich werd' doch wieder gesund? Ich muss laufen können nächste Woche, weil ich da die Prüfung mache und da muss ich auf jeden Fall gehen können, ich muss mich da richtig gut bewegen können, also richtig gut.« Der Sanitäter sagt, dass ich wieder gesund werde, keine Ahnung, woher er das weiß. Ich glaube ihm.

»Was ist denn mit dem Hubschrauber?«, frage ich.

»Der Junge ist im Hubschrauber.«

»Hubschrauber fliegen, geil, warum hab ich nicht so'n Glück.« Jetzt sagen die Sanitäter nichts mehr. Es ist still und ich bekomme Angst. Keiner beantwortet meine Fragen nach dir.

Abhauen. Du erzählst mir, wie du als kleiner Junge abhauen wolltest. Du warst vier und fühltest dich schlecht behandelt. Du hast gesagt: »Ich geh jetzt weg, ich hau ab.« Du hast dir einen Rucksack gepackt mit allen wichtigen Dingen: Kaugummi, Gummibänder, eine Caprisonne und ein Lucky-Luke-Heft. Dann bist du die Einfahrt runtergegangen und hast dich an den Pfosten gesetzt. Zwei Stunden später bist du zurückgekommen. Das hast du oft gemacht.

Aufnahme. In der Notaufnahme kriege ich mit, dass du nur kurz vor mir eingeliefert worden bist. Auch hier beantwortet mir keiner die Fragen nach dir. Im Nebenraum höre ich Menschen rufen und schnelle Schritte, es piept und summt. Ich frage, ob du im Nebenraum bist. Aber auch darauf antwortet mir keiner. Ich werde auf einer Platte in ein anderes Bett gehoben. Über mir ist ein Gerät, das macht Röntgenbilder. Ich hab gedacht, dazu muss man in einen extra Raum, muss man anscheinend nicht. Jemand kommt zu mir und wieder frage ich nach dir. »Es sieht nicht gut aus«, sagt er, dann ist er weg. Es geht über Flure und weiter über Flure. Wenn man durch eine Tür kommt, macht es so ein Geräusch, »siehhht«. Immer, wenn sich eine Tür öffnet, »siehhht«.

Ich bin in einem Raum mit vielen anderen Betten. Ich kann nicht aufhören zu weinen, geht nicht. Ein Pfleger kommt zu mir, er gibt mir so Beruhigungszeug, aber das nutzt überhaupt nichts, ich weine weiter. Es brennt in den Augen. Die andern im Zimmer beschweren sich, wegen meiner Heulerei. Der Pfleger entschuldigt sich bei mir, er sagt, dass sie im Moment kein anderes Bett frei haben. Er fragt, ob der andere Junge mein Freund ist. Der Pfleger ist nicht viel älter als ich, er ist schmal und blond und ziemlich hübsch. Ich sage, dass das mein Exfreund ist. Ich glaube, er lächelt ein bisschen bei meiner Antwort. Er geht raus, kommt wenig später zurück und erzählt mir, dass du operiert wirst und dass man im Moment noch nichts sagen kann. Seine Stimme hört sich dabei nicht gut an. Jetzt geht das mit dem Heulen wieder los. Die Tränen laufen mir lautlos über die Wangen. Ich frage, ob jemand mal dran gedacht hat, meine Mutter anzurufen. Haben wir noch nicht erreicht, sagt er. Ich weiß, Dienstag ist Konferenztag, das kann dauern.

Später kommen noch zwei Polizisten, die mich fragen, ob wir angeschnallt gewesen sind, sie sagen, das müssen sie fragen, die sind sehr freundlich. »Kann ich Ihnen leider nicht sagen, ich weiß es nicht, ich denk schon, mach ich halt, wenn ich einsteige.« Sie gehen wieder und wünschen mir gute Besserung. Die waren nett.

Abends kommt meine Mutter. Meine Mutter hat mir ein paar Sachen mitgebracht und sie ist nicht so begeistert von den vielen Betten. »Dass es so was noch gibt.« Sie will sich beschweren, sagt sie. Als sie den Pfleger sieht, zwinkert sie mir zu, der mag dich aber, sagt sie. Um das Thema schnell zu wechseln, versuche ich zu lächeln, was nicht so richtig gelingt. Später liege ich in dem Zimmer mit den vielen Betten und die Tränen laufen unverändert die Wange runter, ich habe da überhaupt keine Kontrolle drüber. Leider habe ich auch über meine restlichen Körperfunktionen keine Kontrolle. Der hübsche Pfleger bezieht mein Bett neu und es scheint ihm überhaupt nichts auszumachen. Ich bin dankbar für diese geschäftsmäßige Art.

Am nächsten Tag werde ich auf eine andere Station verlegt, jetzt bin ich in einem Zweibettzimmer mit einer verrückten Oma. Die Oma kreischt zwischendurch und redet vor sich hin. Zum Glück muss ich sie nicht sehen, das Zimmer wird durch einen Vorhang unterteilt. Am Vormittag kommen Ärzte und sagen, dass ich eine Beckenprellung habe, dass das sehr schmerzhaft wird und dass ich Bescheid sagen soll, wenn ich Schmerzmittel brauche, außerdem habe ich eine Gehirnerschütterung. Das Gehirn wollen sie heute noch genau untersuchen. Gebrochen ist nichts. Das hört sich doch ganz gut an, finde ich. Zwischendurch schreit die Oma: »Ich will auch Schmerzmittel, ich sterbe, helfen Sie mir.« Das ignorieren die Ärzte. Sie sagen mir, dass es dir nicht gut geht. Du hast so was wie einen Chemieschock. Da spielt der ganze Körper verrückt und schüttet irgendwelche Stoffe aus, die er gar nicht braucht oder in dem Moment nicht braucht, kreuz und quer. Ein großes Chemiedurcheinander.

Die Ärzte gehen raus, ich liege im Bett und warte auf die Schmerzen. Es kommen aber keine Schmerzen, auch später nicht, kein Schmerz.

Dafür kommt mein neuer Freund. Der ist extra aus Hamburg angereist, um mich zu besuchen. Er hat mir ein Mixtape mitgebracht, hat er gestern Nacht für mich aufgenommen. Leider spielt die Oma nebenan verrückt. Sie stellt sich als Sex-Oma raus. »Kommen Sie mal rüber junger Mann. Bei mir ist es schön, da kannst du noch was lernen«, weiter geht's mit: »Ich zeig dir meine Muschi, das ist aber eine schöne Muschi. Gucke, da ist sie ja, die wartet auf dich, mein Schatz.« Dann wieder: »Hilfe, Hilfe, Sie müssen mir helfen.« Sich dabei zu unterhalten, ist gar nicht so einfach. Mein neuer Freund geht relativ schnell. Kann ich verstehen. Ich stöpsele mir die Ohren zu und warte darauf, dass mein Gehirn untersucht wird. Ein paar Stunden später darf ich aufstehen und allein auf Klo, immerhin. Als ich in den Spiegel sehe, erschrecke ich mich. Ich seh' scheiße aus, völlig zerschrammt, hoffentlich macht das keine Narben. Am Nachmittag werde ich im Rollstuhl zum Gehirnarzt geschoben. Das mit dem Rollstuhl find ich ein bisschen übertrieben. Beim Gehirnarzt kriegt man so Gummistöpsel an den Kopf und so können die sehen, wie das arbeitet, das Gehirn. Einem werden Fragen gestellt und der Arzt guckt dabei auf seinen Bildschirm. Der Arzt ist klein und ein bisschen dick und er will mir erklären, wie das funktioniert, aber ich kapier's nicht. Trotzdem ist mein Gehirn gesund, außer der Erschütterung ist alles ok.

Am dritten Tag im Krankenhaus darf ich alleine aufstehen. Ich frage, ob ich dich besuchen darf. Erst heißt es nein, weil ich nicht verwandt bin. Darauf nerve ich ein bisschen und darf doch. Ich zieh mir eine Jogginghose über und will zum Fahrstuhl. Bei den ersten Schritten fühl ich mich noch wackelig, das sieht die Schwester und guckt ganz besorgt, ich fürchte, dass sie mich nicht weglässt und hüpfe ein bisschen hin und her, um zu zeigen, wie sicher ich gehen kann. Das tut nur im Kopf etwas weh. Dann fahre ich in den 13. Stock. In der Intensivstation muss man sich verkleiden. Die Schwestern helfen dabei. Hinterher sieht man aus wie ein Michelinmännchen in Hellblau. Ich bin dein erster Besuch, sagen die Pfleger.

Der Arzt ist sehr nett. Er hat ein paar Schrammen im Gesicht, vielleicht hat er auch einen Unfall gehabt. Er erklärt mir, dass sie dich in ein künstliches Koma versetzt haben. Sie haben dir ein Stück deiner Lunge weggenommen, weil die kaputt war, dein Bein ist gebrochen und dein Fuß, dein Kiefer ist gebrochen, Rippen auch und was mit deinem Kopf ist, weiß man noch nicht, das wird man sehen, wenn du aufwachst. Du liegst in einem sehr großen, sehr technischen Bett. Das Bett dreht sich immer von einer Seite auf die andere, wie eine große Wiege. Das Bett ist ein sehr teures Bett, das gibt es nur ganz selten, nur hier in Hannover und noch in ein paar anderen großen Städten. Du kannst froh sein, dass du in so einem Bett liegen darfst. Es kann auch nicht überall stehen, weil es so schwer ist, dass sonst die Decke einstürzt.

Sie sagen, dass ich dich ruhig an der Hand anfassen darf und dass ich mit dir reden darf, man weiß nicht, ob du nicht doch was mitkriegst. Du siehst fremd aus unter den ganzen Kabeln und Kanülen, ich fasse deine Hand an und rede: »Hallo Malik, du siehst nicht gut aus, wenn ich das mal so sagen darf, wie geht's dir, ja das wäre jetzt wahrscheinlich die falsche Frage, außerdem kannst du nicht antworten. Bei mir ist alles ok, nur ein bisschen zugeschwollen, hoffentlich macht das keine Narben. Und wenn, ist auch nicht so wichtig. Ich habe ein Mixtape geschenkt bekommen.« Jetzt fällt mir nichts mehr ein. Ich stehe noch eine Weile da. Die Schwester kommt und sagt, dass es gut ist und sie bringt mich nach draußen. Draußen muss man sich den ganzen Kram wieder ausziehen, wieder hilft mir die Schwester. Ich frage, ob ich am Nachmittag noch mal kommen kann, ich hab's ja nicht weit.

Am Nachmittag kenne ich mich auf der Intensivstation schon besser aus, ich weiß, was man wie anziehen muss. Auch am Nachmittag stehe ich neben deinem Bett und rede oder ich versuche zu reden. Weil mir nichts einfällt, erzähle ich von der sexsüchtigen Oma in meinem Zimmer. Dann von den Songs auf meinem Mixtape. Die Schwester sagt, wenn ich neben deinem Bett stehe und rede, geht dein Puls ruhiger, das kann sie sehen.

Da dies das Einzige ist, was ich tun kann, stehe ich neben deinem Bett und rede.

Am nächsten Tag werde ich entlassen. Wenn die Sonne scheint, habe ich Kopfschmerzen, sonst geht's mir gut.

Die nächsten Wochen verbringe ich an deinem Bett und rede. Die Schwester hat ja gesagt, wenn ich rede, geht dein Puls ruhiger. Und es ist alles, was ich tun kann. Ich renne immer zu der Seite, zu der sich dein Bett neigt. Immer von einer Seite auf die andere. Aber in meinem Leben passiert im Moment nicht viel, da gibt's nicht viel zu sagen. Ich stehe auf, frühstücke, fahre zu dir, steh da, laufe ums Bett rum und fahre wieder zurück nach Hause. Dann esse ich was, fahre noch mal zu dir, abends gehe ich manchmal zum Sport. Das sind keine Geschichten, die einen aufwachen lassen. Ich tue das jeden Tag so. Wenn ich nicht im Krankenhaus bin, sitze ich zu Hause in meinem Zimmer in dem alten grünen Ohrensessel. Ich weiß nicht mehr, was ich dir erzählen soll. Also schreibe ich dir zu Hause ein Märchen und lese es dir dann am nächsten Tag vor. Es ist ein Märchen von einem Königssohn und seinem besten

Freund, die zusammen durch fremde Länder ziehen und Abenteuer bestehen. Am Ende kehrt der Königssohn zurück zu seinem Vater.

Wenn ich wüsste, wie beten geht, würde ich beten. Weiß ich aber nicht, deshalb sitze ich im Sessel und gucke in die Gegend.

In der Klinik gehöre ich inzwischen zum Inventar. Die Schwestern und Pfleger behandeln mich, als wäre ich Teil des Teams. Sie sind sehr nett zu mir. Neulich haben sie in meiner Gegenwart ein Wettblutabnehmen veranstaltet. Die Patienten, die hier rumliegen, kriegen nicht viel mit von der Welt. Die liegen da und haben alle viele Kanülen im Arm. Beim Wettblutabnehmen machen mindestens vier vom Pflegeteam mit, es wird auf drei gezählt, dann geht es los und die Kanülen werden angezapft. Wer das Blut am schnellsten gezapft hat, hat gewonnen. Ein Vampirsport. Das Blut geht allerdings sauber beschriftet ins Labor, es wird nicht getrunken.

Wenn man kommt, gibt es ein Zimmer, in dem man warten muss, ob man rein kann auf die Station oder nicht. Wenn grad viel los ist, darf man nicht rein, und man muss warten. Das Zimmer ist verraucht. Sechs Stühle in einem kleinen Glaskasten. Von da aus kann man die Hubschrauber starten und landen sehen. Das passiert oft. Wie ein Bienenschwarm mit nur zwei Bienen. Oft warten andere Menschen mit mir. Eine Frau, die so alt ist wie meine Mutter, wartet auf ihren Mann, eine Oma auf ihren Opa. Menschen, die ich kenne, treffe ich selten.

Josh ist ab und zu da, manchmal dein Vater, Constanze hab ich getroffen, die ist umgekippt, als sie dich gesehen hat. Warum, weiß ich nicht. Moritz war auch mal da. Ihr habt zusammen Abi gemacht, Geschichts-LK.

Nach ein paar Wochen wollen die Ärzte das Zeug runterfahren, was dich ins künstliche Koma beamt. Du liegst inzwischen nicht mehr in dem Wiege-Bett und du atmest selbständig.

Sie wollen gucken, ob du auf irgendwas reagierst. Sie fragen mich, ob ich da mit dabei sein kann. Ich gehöre inzwischen dazu. Das Erste, was man sieht, ist, wie du versuchst, deinen Mund zu öffnen. Was nicht geht, weil der Kiefer verdrahtet ist. Mit aller Kraft versuchst du, deinen Mund aufzumachen. Du siehst aus wie ein Löwe, der das Maul aufreißen will, geht aber nicht. Ich habe Angst, dass du dir selbst die Zähne ausreißt. Als wolltest du dich wehren, ohne Rücksicht auf Verluste. Wenn ich tauschen könnte mit dir, würde ich tauschen. Ich kann besser aushalten, glaube ich. Die Ärzte sagen, das heißt noch nicht, dass da in deinem Kopf noch irgendwas ist. Das könnte auch so was Ähnliches wie ein Reflex sein. Ein Reiz, auf den du automatisch reagierst. Gibt ja auch Blumen, die auf äußere Einflüsse reagieren. So Tulpen, die sich zum Licht drehen. Die Hortensie auf meiner Fensterbank. Ich hoffe, dass da bei dir im Kopf mehr ist als bei einer Topfpflanze.

Der Arzt steht neben deinem Bett und hält deine Hand. Er sagt: »Hören Sie mich? Wenn Sie mich hören, dann drücken Sie jetzt meine Hand?« Es passiert nichts. Ich meine, dass du dich bestimmt wunderst, dass du gesiezt wirst. Bist du nicht so gewohnt. Die andern, die dabeistehen, sind da nicht meiner Meinung. Vielleicht denken die, mit meinem Kopf stimmt etwas nicht. Aber ich hab's amtlich, alles in Ordnung. Am Nachmittag ist der Arzt mit den Schrammen im Gesicht da. Wobei die Schrammen inzwischen verheilt sind, meine auch. Auch dieser Arzt macht das mit der Hand und dem Fragen.

Du reagierst.

Alle, die ums Bett rumstehen, sind total happy. Ärzte, Schwestern und Pfleger.

Nachdem der Arzt das mit der Hand gemacht hat, halte ich auch deine Hand, auch bei mir reagierst du, ich spüre eine klare Antwort. Irgendwann reagierst du nicht mehr. Wahrscheinlich bist du müde, die sagen, das ist sehr anstrengend für dich. Oder du hast du keinen Bock mehr. Du bist ja kein Spielzeug.

Am nächsten Tag funktioniert das mit dem Handdrücken nicht mehr. Ein paar Tage später funktioniert's bei mir noch mal, dann wieder nicht.

Ab und zu sterben Leute auf der Intensiv. Wenn es dabei hektisch wird, muss ich rausgehen. Wenn es nicht hektisch wird, kriegen die Leute ein Bettlaken übergelegt. Die liegen so meistens noch eine Zeit lang rum, bis man sie rausschiebt. Ich finde es erstaunlich, wie schnell der Wechsel zwischen ruhig, also der üblichen Piepserei auf der Station, und schnell, also Alarm, geht. Manchmal, wenn sich beim Piepsen was ändert, und ich finde, das klingt nach Alarm, bleiben alle ruhig, und manchmal ändert sich das Piepsen und es sind sofort zehn Leute da.

Dein Ausdruck verändert sich im Laufe der Wochen. Du wirst mir ferner. Dein Kopf liegt meistens schief. Dein Körper wird weniger.

Der Opa schafft's. Der Ehemann wird rausgeschoben. Ich zieh mir grad die Intensivklamotten über, als das Bett mit dem Bettlaken drüber vorbeigerollt wird. Die Frau steht draußen und wartet.

Du bist jetzt nicht mehr an ganz vielen Schläuchen angeschlossen und kriegst so Wasserdampf ins Gesicht gepustet. Dann sagen sie, sie brauchen den Platz auf der Intensivstation und du wirst in die Zahnklinik verlegt. Was keiner versteht, mit den Zähnen ist soweit alles in Ordnung, die sind auch nicht mehr verdrahtet. Die MHH hat wohl wenig Platz. In der Zahnklinik bist du kaum noch an Schläuche angeschlossen. Wenn sie das Bett aufstellen, kippt dein Kopf zu Seite, deswegen liegen da oft ein paar Kissen, als Stütze, trotzdem ist der Kopf meistens schief. Mir fällt auf, dass dir die Haare ausfallen.

Nach sechs Wochen auf der Intensivstation und zwei Wochen in der Zahnklinik kommst du in die Reha.

Du wirst eingeliefert mit der Diagnose »Apallisches Syndrom«. Apallisches Syndrom ist die Topfpflanzen-Nummer.

»Das apallische Syndrom ist ein Krankheitsbild in der Neurologie, das durch schwerste Schädigung des Gehirns hervorgerufen wird. Dabei kommt es zu einem funktionellen Ausfall der gesamten Großhirnfunktion oder größerer Teile, während Funktionen von Zwischenhirn, Hirnstamm und Rückenmark erhalten bleiben. Dadurch wirken die Betroffenen wach, haben aber aller Wahrscheinlichkeit nach kein Bewusstsein und nur sehr begrenzte Möglichkeiten der Kommunikation.«

Das sagt Wikipedia. Wobei ich mich frage, wie man ohne Bewusstsein kommuniziert, scheiß Wikipedia.

Rehabilitation

Stadtoldendorf. Nach Stadtoldendorf in die Rehaklinik braucht man von Hannover mit Bus und Bahn drei Stunden. Am Ende muss man noch den Berg hochlaufen. Da dort viele Patienten im Rollstuhl unterwegs sind, ist das ziemlich unpraktisch. Scheint aber so üblich zu sein in Rehakliniken.

Ich komme da an und lese auf dem Schild: Neurologische Klinik für Hirngeschädigte, Schirmherrin Hannelore Kohl. Das hört sich beides nicht gut an.

Ich überlege, ob ich nicht umdrehen sollte, den Berg wieder runtergehen, die Hauptstraße entlang zum Bahnhof. Vielleicht kriege ich den Zug um 14.52 Uhr noch. Um 15.30 Uhr wäre ich in Kreiensen und um 18.00 Uhr am Lister Platz, zu Hause. Dann setze ich mich in den grünen Sessel und ab morgen werde ich eine große Künstlerin. Ich gucke mir dieses Klinikschild eine ganze Weile an. Es wäre völlig hirnrissig, jetzt wieder zurückzufahren. Ich gehe rein zum Pförtner.

Der Pförtner schickt mich in die Station eins im Erdgeschoss, geradeaus, danach rechts. In der Station eins stehe ich erst mal rum und sehe keinen Menschen, der zuständig scheint, bis ein Pfleger auf mich zukommt. Der Pfleger ist groß und sieht fleischig aus. Kleine Augen, hellbraune Locken, um die Hüften geht er in die Breite, alles sieht weich aus. Auch der Handschlag ist weich. Ich denke, dass er mit Vornamen bestimmt Reiner heißt oder Detlef. Reiner erklärt mir, wie die Klinik funktioniert. Die Klinik arbeitet mit einem Vier-Stufen-System. Wenn man die erste Stufe erfolgreich durchlaufen hat, kommt man weiter in die zweite Stufe, von der zweiten in die dritte und so weiter. Praktischerweise ist die Klinik auch so gebaut, erste Stufe Erdgeschoss und ab da kann man aufsteigen bis in die dritte Etage. Topfpflanzen unten, Menschen oben, das kann man sich leicht merken. Während ich Reiner zuhöre und er mir die Vorzüge dieses Systems erklärt, überlege ich, ob dir das hier wohl gefallen wird. Ich fürchte, nicht.

Ich bin dein erster Besuch, erzählt mir Reiner. Er führt mich zu dir. Du bist auf einer Art Liege, halb Bett, halb Stuhl. Dein Kopf wird von mehreren Kissen abgestützt. Der Raum ist eine Art Aufenthaltstraum, um dich rum liegen andere Patienten, die auch nicht besser aussehen.

Reiner kündigt mich an: »Na, hallo Maiilik, schau, wen wir hier haben, wen haben wir denn da. Die Claudettee ist hier, deine Freundin, die Claudettee hat dich besucht.« Reiner spricht jetzt etwas lauter als vorhin mit mir. Dass deine Ohren nicht funktionieren, wusste ich nicht. Ich weise Reiner darauf hin, dass es vielleicht hilft, dich mit deinem Namen anzusprechen, falls er eine Antwort will. Er ignoriert meine Bemerkung.

Die Woche drauf spreche ich mit einer Mutter, die ihre elfjährige Tochter regelmäßig besucht. Die Tochter ist vom Pferd gefallen und jetzt auch in der Topfpflanzenabteilung. Die Mutter nimmt mich in den Wochen drauf manchmal mit zurück nach Hannover, sie selbst wohnt in Uelzen. Ich treffe bei meinen Besuchen oft Menschen, die mir viel erzählen, obwohl ich sie nicht danach frage. Die Mutter mit der kleinen Tochter mag ich.

Bei meinem ersten Besuch in Stadtoldendorf bleibe ich nicht lange. Ich sitze neben deinem Liegestuhlbett und erzähle vor mich hin. Zwischendurch kommt Reiner vorbei und fragt, ob alles in Ordnung ist. Ich sage, dass alles prima ist, aber er kommt trotzdem dauernd vorbei. Zum Abschied schüttelt er mir noch die Hand, oder die Hände, die Reiner-Hände außen, meine innen.

Gymnastik. Wir sind in deinem Zimmer und wir machen Gymnastik. Keine Sex-Gymnastik oder so, ganz richtige Gymnastik. Du behauptest, dass du mich mit ausgestreckten Armen halten kannst. Ich bin mir da nicht so sicher, aber jetzt hältst du trotzdem meine Füße und ich gucke auf deine Schienbeine. Ich hänge da und hoffe, du sagst mir Bescheid, bevor du nicht mehr kannst und loslässt.

Reha. Bei einem meiner nächsten Besuche komme ich in den Aufenthaltsraum und dir hat jemand einen Teddybären in den Arm gelegt. Ich nehme den Teddy, gehe zu Reiner ins Büro und frage, was das soll. »Ach, wir machen das, um den Patienten ein bisschen eine Freude zu machen, ein kleiner Versuch, das Leben ein wenig bunter zu machen.« Ich sage, dass ich, wenn ich jemals wieder einen verfickten Teddy bei diesem Patienten sehe, dass ich den nehmen werde und dir Reiner oder wie du sonst heißt, du labbrige Null, dass ich dir damit das Maul stopfe, damit dein kleines Gehirn eine Sauerstoffunterversorgung kriegt und du für den Rest deines armen Lebens in dieser Abteilung verbringst.

Das sage ich leider nicht, sondern ich setze den Teddy auf dem Büroschreibtisch ab und sage, dass das nicht so eine gute Idee ist, weil du nicht so auf Teddys stehst.

Das nächste Mal lese ich dir vor. Ich habe inzwischen angefangen zu studieren. Germanistik im Hauptfach, Nebenfächer Philosophie und Religionswissenschaften. In Philosophie lesen wir gerade einen Text, den ich mag, den lese ich dir vor. Aristoteles' Abhandlung über die Zeit. Ich lasse das, gut sichtbar, auf deinem Nachttisch liegen. Damit ich das nächste Mal weiterlesen kann.

Ich komme ungefähr dreimal die Woche. Selten bringe ich jemanden mit, meistens bin ich allein da. Im Juni organisiere ich einen Diavortrag über New York. Janek, den du auch kennst, war ein paar Monate in den USA und er hat Dias gemacht. Die zeigen wir jetzt bei dir im Krankenzimmer, keine Ahnung, ob du irgendwas davon mitkriegst, ob sich die Schlepperei mit Diaprojektor, Dias und Leinwand gelohnt hat. Du hängst noch in diesem Halb-Sitzbett, den Kopf abgestützt. Du kannst inzwischen schlucken und du bewegst deinen Arm. Wenn du deinen Arm bewegst, muss man aufpassen, dass nichts in der Nähe ist, was kaputtgehen kann. Sieht aus wie ein Spielzeugauto, bei dem die Fernsteuerung nicht funktioniert und dabei eine Fehlzündung nach der andern hat, oder ein Roboter, bei dem die Sicherungen durchgebrannt sind. Kommunikation ist das nicht. Es ist aber etwas mehr als Topfpflanze, etwas mehr als rumliegen und tote Augen. Wobei die Augen weiterhin leer aussehen, die Lider auf Halbmast.

Das Essen in Stadtoldendorf ist nicht besonders lecker und es sieht auch nicht besonders lecker aus, stimulieren tut es einen sicherlich nicht. Also wenn ich mir so vorstelle, ich verbringe meine Zeit im Erdgeschoss in Stadtoldendorf und nehme die Welt so im Nebel war, da wär's doch schön, wenn irgendwas meine Geschmacksnerven stimuliert. Also wenn ich so in der Gegend rumliegen würde und ich könnte mich nur mit Grunzen verständigen, wär's doch schön, zwischendurch was auf der Zunge zu haben und zu merken, wenn man denn überhaupt irgendwas merkt: lecker. In Stadtoldendorf ist es aber nicht lecker. Deswegen bringe ich ab und zu was mit. Einmal bringe ich Krebssuppe mit aus dem Feinkostladen. Die Krebssuppe fülle ich zu Hause in eine Thermoskanne, später füttere ich dich damit. Du schluckst brav, wobei ich zugeben muss, dass diese Suppe nicht lecker aussieht, optisch war es eine Fehlinvestition. Aber vielleicht besser als Labberbrot mit Kindermortadella, garniert mit trauriger Petersilie.

Du fängst an zu reagieren, mal ein langsames Kopfwenden, wenn ich zur Tür reinkomme, oder ein paar Töne, wenn du etwas nicht willst. Eine Hand heben, wenn Josh zur Tür reinkommt, ein kleiner missglückter Versuch von Give me five.

Ich darf dich jetzt mit dem Rollstuhl rumfahren, erst nur auf dem Gelände, dann dürfen wir auch Stadtoldendorf erkunden. Dabei lerne ich, mit dem Rollstuhl umzugehen, Bordsteine rauf und wieder runter. Ich manövriere dich in enge Cafés und füttere dich mit Stadtoldendorfer Kuchen. Der Rückweg ist sehr anstrengend, weil ich dich den Berg hochschieben muss. Ich finde das anstrengend, obwohl ich 19 bin und gut trainiert, ich geh viermal die Woche zum Sport. Ich versteh gut, wenn da Leute keinen Bock drauf haben und mit ihren Behinderten auf dem Berg bleiben.

Nach zwei Monaten wirst du in den ersten Stock versetzt, du bist jetzt offiziell keine Topfpflanze mehr und ich muss Reiner nicht mehr die Hand geben.

Dafür wartet im ersten Stock der nächste Reiner auf mich, eine blonde Zweitausgabe von Rainer aus dem Erdgeschoss. Reinerzwei ist genauso labberig und er steht immer ein bisschen zu nah bei mir. Ich weiche aus, er setzt nach. Ich versuche, den Rollstuhl vor mich zu schieben.

Der Malik-Rollstuhl funktioniert so als Puffer zwischen mir und Reinerzwei. Klappt nur manchmal.

Liebe Clo, *S. O. Juli 1990*
Ich kann gar nicht Maschine schreiben./&= ABer ich habe Therapie und dda kann ich ja mal was Sinnvolles tun. Mir geht es beschissen: ich bin krank. Daswird ein kurzer Brief. SSSSChreiben dauert lang. Wie geht es mit Simon? Ich lach mich tot, wenn Schluss ist. Grüss ihn. wie geht es dir? Hier ist es sehr langweilig. Es wird erst langweilig, wenn du auf der SChplschule bist. Aber ich will dir kein schlechtes Gewissen machen hast du auch so schon genug Die Stunde ist gleich zuende. alllso alles XX Liebe Yours Malik

Um 15.40 Uhr komme ich in Stadtoldendorf an, laufe zur Klinik und setze mich kurz in den Park. Ich friere und gucke in die Gegend. Der Bergpark ist ein Schachbrett-Park. Die Wege sind asphaltiert, alle im rechten Winkel. Das Mädchen mit dem Reitunfall wird von ihrer Mutter an mir vorbeigeschoben. Die Mutter lächelt mich an, ich grüße kurz. Die Tochter ist noch im Erdgeschoss.

Ich gehe zu dir in den zweiten Stock und klopfe. Die Therapien müssten grad vorbei sein, gleich ist Kekszeit. »Hay«, sagst du. Du liegst auf dem Bett, dein Zimmernachbar Jan ist nicht da. »Na«, sag ich. Ich habe ein schlechtes Gewissen, weil ich kein Mitbringsel dabei habe. Nichts zum Tageversüßen. Kein Aufhänger für ein Gespräch. Wir werden die Zeit schon rumkriegen. Und wenn wir uns über Jans Autoplakate lustig machen. Jan liebt Maschinen und alles, was fährt. Auf seiner Zimmerseite hat er alles mit Plakaten zugepflastert. Ich frage dich, ob es für dich als Verkehrsunfallopfer nicht eine Zumutung ist, den ganzen

Tag auf Autos zu gucken. Du lachst, »daas siind Spootwagen, kaiin Bualli«. Die Tür geht auf und Schwester Ina kommt rein mit dem Servierwagen. Thermoskannen mit Hagebuttentee, schwarzem Tee, schlechtem Kaffee und Schälchen mit Keksen stehen da. »Teee!«, rufst du, bevor sie etwas sagen kann. »Bringen die dir in der Sprachtherapie auch bei, leise zu sprechen?« Schwester Ina beachtet das nicht und fragt mich: »Wollen Sie einen Tee?« Ich finde toll, dass ich gesiezt werde und sage Ja. Sie schenkt zwei Becher mit schwarzem Tee ein. Für Malik mit Schnabeltasse, für mich ohne. Dann dreht sie sich um. »Entschuldigung«, frage ich, »was ist mit den Keksen?«

»Für Malik gibt es heute keine Kekse.« Du grinst. Sie schließt die Tür. Zeit für einen Ausflug ins Café Engel.

Du hast dich verbotenerweise ins Schwesternzimmer begeben und dich dort am Personalkaffee bedient. Das ist nicht erlaubt, deswegen das Keksverbot. Wenigstens ist die Kaffeemaschine heil geblieben.

hallo Clo,
Ich hab meinen Brief an Josh mitgegeben. Ich kann ja mal meinen Tagesablauf aufschreiben. Ich stehe verdammt früh auf, um 6 Uhr 00 danach frühstückr ichum6uhr30. DANN habe ich frh_förderung, jetzt grade. Heute ist der 13. 9. 90. Danach habe ich Krankengymnastik.dann habe ich, endlich, Sprachtherapie. Danach habe ich um10 uhr 30 Ergotherapie, das ist um, nein, für die Hände. *anschließend essen wir Mittag. dann habe ich bis 13 uhr 30 Pause. DANN habe ich Massagen, danach habe ich die verfickte krankengymnastik, die tut weh. dann habe ich eine halbe Stunde Pause. danach habe ich wieder Frühförderung, diesmal um halb vier. Um vier kommt der Teewagen. DANN kommt*

vieleicht Besuch. Heute komm Josh und Elke und vieleicht Anna, Joshs Freundin. Vieleicht Heike. Deine Mutter komt ja manchmal, seit du auf der Messe jobbbst. gestern wollte meine Liebe, Julia, koomen, aber da hab ich glaubbe ich geschlafen. jetzt hab ichb noch 20 MINUten und ich weiß nicht mehr was ich noch schrreiben soll. ich lerne hier, hoffentlich noch richtig Maschine schrrreiben.
Ciao
Malik

Du hast jetzt einen eigenen Fernseher, hat dir deine Oma geschenkt und du hast ein Einzelzimmer. Nachdem es irgendwelche Schwierigkeiten mit deinem Zimmernachbarn gab, hast du jetzt 7 qm für dich allein. Natürlich ist das keine Privatsphäre, weil niemand klopft, bevor er reinkommt. Jedenfalls nicht die Pfleger und Ärzte. Oder es wird geklopft, aber das Klopfen passiert gleichzeitig mit Türaufreißen. Es ist eine Art Rückzugsraum, der jederzeit gestört werden kann. Du fängst an, dich selbständig mit dem Rollstuhl fortzubewegen. Wenn die Fußstützen abgebaut sind, kannst du im Sitzen laufen. Das geht sehr langsam, ist offensichtlich sehr anstrengend und lenken ist schwierig. Du krachst andauernd gegen Türpfosten, Tische und Stühle. Aber du kommst alleine voran. Du kommst alleine von deinem Zimmer in den Aufenthaltsraum. Im Aufenthaltsraum gibt es einen Fernseher, Radio, sogar einen CD-Player, Spiele und einen Billardtisch. Der Billardtisch ist viel zu groß für den Raum, er sieht fehl am Platz aus. Ich kriege ein bisschen Angst, als ich die Billard-Queues sehe. Du schaffst es mit Mühe, die Schnabeltasse zum Mund zu führen, ich möchte nicht wissen, was du mit einem Billard-Queue machst. Irgendwo scheint es

Patienten zu geben, die damit umgehen können. Oder der Tisch ist für Besucher, die sich langweilen. Meisten läuft NDR 90,3 im Radio.

Mittwochnachmittags ist meistens nichts los im Aufenthaltsraum, ich habe einen Kuchen gebacken, weil du Geburtstag hast. Du sagst »Haaay«, als ich klopfe, deine Sprechversuche klingen nach einer Mischung aus Alien und Tierlaut. Bei Tierlaut, wäre es am ehesten Schweinegrunzen. Ich komme rein, du sitzt am Fenster im Rolli und strahlst mich an. »Herzlichen Glückwunsch«, sage ich.

»Daaeaanke.«

»Ich hab dir was mitgebracht.«

Ich zeige den Schokokuchen und das Geschenk.

Ich habe dir ein Buch mit extra großer Schrift mitgebracht. Dir fällt es sehr schwer zu lesen, es ist nicht ganz klar, woran das liegt, deshalb probier ich's mal mit Großbuchstaben. Die Auswahl an Büchern mit Großbuchstaben war in der Buchhandlung leider überschaubar, hauptsächlich Omi-Literatur, »So zärtlich war Suleyken« von Lenz war das Modernste, was ich kriegen konnte. Nicht unbedingt das Passendste zum 21. Geburtstag.

»War dein Vater schon da?«

»Jaaaea, schooann weg.«

»Komm, wir gehen in den Aufenthaltsraum, da kann ich die Geburtstagskerzen anzünden.«

Ich warte dein ok ab, und schiebe dich den kurzen Flur zum Aufenthaltsraum. Als ich die Tür aufmache, um den Rolli reinzuschieben, kommt schon Reinerzwei auf mich zu. Er lächelt komisch und sagt, dass wir leider nicht reinkommen können. Außer Reinerzwei ist der Raum leer. Ich lächle zurück.

»Ist wegen Überfüllung geschlossen?«, frage ich.

»Ha, ha«, macht Reinerzwei, »nein, Malik hat Hausverbot im Aufenthaltsraum.«

Ich erfahre, dass Malik gestern »schlimme Worte« benutzt hat, deshalb darf er nicht mehr in den Aufenthaltsraum.

»Was hat er denn gesagt?«

»Fiiickt eauuch«, schreist du und grinst.

Offensichtlich wolltest du zweien deiner Mitbewohner erklären, wie man Billard spielt, die wollten das aber nicht erklärt bekommen und weiter mit den Queues das Billardtuch kaputtmachen. Ich sage, dass das ja noch ganz glimpflich ausgegangen ist und dass du heute Geburtstag hast und ich gerne die Geburtstagskerzen anzünden möchte und das darf ich im Zimmer nicht.

»Claudeete«, sagt Reinerzwei, »das tut mir sehr leid, Claudeete, aber da müssen wir konsequent bleiben, das sind die Regeln in unserer Einrichtung, ein gewisser Umgangston gehört einfach dazu. Außerdem haben wir schon heute Morgen eine Kerze angezündet, im Frühstücksraum, alle haben gesungen.«

»Wenn alle so schön singen wie Malik, war das sicher ein berührender Moment. Und was mache ich jetzt?«

»Wieso?«

»Na, mit den Kerzen, soll ich die wieder mitnehmen?«

Reinerzwei lächelt.

Dann schiebe ich den Rolli zurück in Maliks Zimmer und singe Happy Birthday, während ich die brennende Kerze aus dem Fenster halte.

Hallo Clo, *25. 3. 91*

mir geht es dreckiggg. Mein Arzt hat meinem Vater gestern gesagt, daß ich höchstwahrscheinlich am Rollator bleiben werde und daß ich meinen linken Arm nie wieder richtig werde bewegen können. Er hat auch gesagt, daß sie einen Platz für mich in einer Behindertenwerkstattttt suchen werden. so eine abgrundtiefe Scheiße! Wenn ich weinen könnte, würde ich jetzt heulen.

Hallo Clöchen *26. 3. 91*
heute ist Freitag und es geht mir schon viel bessrrr. Scheißß Schreibmschinentasstn! Jetzt ist es mir schon fast egal mit dem Rollator. C'est la vie. Ich glaube schon fast selber daran, daß es mich schlimmer hätte erwischen können. Ich (Ha, Ha!) habe also noch Glück gehabt. Piss auf, grüne Wiesen im Sommer Licht. Mit einem Rollator kann man nämlich nicht über unplanierte Wege fahren. But no problem.
Yours
Malik

Das nächste Mal komme ich noch später am Nachmittag, und die ganze Station ist leer. Allerdings höre ich Musik aus dem Aufenthaltsraum, Musik, die ich da normalerweise nicht höre. Ich komme näher und sehe, wie du im Rollstuhl vor dem CD-Player sitzt, du hörst in ohrenbetäubender Lautstärke Dead Kennedys. Die Eingangstür zum Aufenthaltsraum ist mit einem Billard-Queue blockiert. Während ich dir dabei zuschaue, wie du »Too Drunk to Fuck« hörst, nähern sich die ersten aufgeregten Gestalten.

Stationen I

Lühnde. Es ist erstaunlich warm in Hannover. In Kiel, wo ich jetzt wohne, ist noch gar nichts vom Frühling zu spüren. Hier sieht man schon die ersten Triebe, ein grüner Flaum, eine Ahnung von Frühling. Da ich nur ein Wochenende da bin, fährt mich meine Mutter in die neue Klinik. Das ist nett. Aber der Weg ist auch kürzer. Meine Mutter erzählt. Ich schaue aus dem Fenster und höre nicht zu. Die Landschaft ist so flach, wie sie nur in Hannover flach ist. Mal wieder Kaliberge, Felder, Kaliberge. Hannover sieht aus wie ein Blechkuchen mit Baiserspitzen. Allerdings ist das Baiser hier aus Salz. Wozu braucht man wohl so viel Salz? Meine Mutter hört auf zu erzählen und setzt mich am Eingang der Nervenheilanstalt in Lühnde ab. Ein heller, großer Altbau. Ich muss auf die Station 1 in den ersten Stock links. Hier muss man an einer Glastür klingeln, bevor eine Schwester die Tür öffnet. Du kommst mir im Flur in deinem Rolli entgegen. Du grinst und rufst: »Haay.« Du willst mit mir einkaufen gehen. Ich geh nicht gern mit dir einkaufen. Durch den Spasmus sind deine Bewegungen so unkontrolliert, dass ich ständig Angst habe, dass irgendwas kaputt geht. Die Cafébesuche in Stadtoldendorf waren schon kein Vergnügen. Jetzt willst du unbedingt in den Dorfsupermarkt. Der wahrscheinlich winzig ist. Ich nehme also den Rollstuhl und schiebe dich Richtung Ausgang. Sofort kommt eine Schwester und fragt, was wir wollen. »Eeeinkaufen«, sagst du. Ich ergänze: »Wir wollen bei dem Wetter ein bisschen raus und ein paar Kleinigkeiten einkaufen.« »Und Sie haben die Verantwortung?« Ich versteh das nicht, aber bevor ich antworten kann, sagst du »jaaa«. Die Schwester öffnet die

Tür wortlos mit ihrem Pieper. Ohne Pieper ist die Tür von innen nicht zu öffnen.

Draußen erklärst du mir die Station. Hinter der Glastür ist die Station 1 inklusive Schwesternzimmer und Speisesaal für die Patienten. Einige der Patienten dürfen nicht raus. »Hä? Warum dürfen die denn nicht raus, ich denk' das ist hier die Neurologie?« »Neuro und Psyyycho«, sagst du. Ich stoppe den Rolli, dann setze ich mich dir gegenüber auf eine Bank, damit ich dich ansehen kann. Wir sitzen im Park der Klinik. Der Park ist nicht groß. Es ist eher ein Vorgarten. Du erzählst von den Leuten auf der Station und dass du Angst hast. »Wieso Angst?«

»Diee sind voll psychchcho.«

»Na ja, wenn das die Psychiatrie ist, dann sind die wahrscheinlich irgendwie psycho, ich mein, du bist auch nicht ohne.«

»Iich bin nnnicht psychchooo!«

»Ist ja gut, entspann dich.«

»Ich bin entspaaannnt«, schreist du. Danach machst du eine Pause und erzählst. Du erzählst mir von der Frau, die ihre Kinder ermordet und in Dosen verpackt hat. »Was guckt ihr denn hier für scheiß Filme?« Aber das, was du erzählst, ist kein Film.

»Und du bist dir sicher, dass diese Frau sich das nicht ausgedacht hat.«

»Jaaaa.« Jetzt verstehe ich die geschlossene Tür. Malik kommt mir auf einmal unglaublich harmlos vor. Du dirigierst mich zum Supermarkt. Du warst hier wohl schon oft. Ich hoffe, dass es keinen Ärger gibt. Aber es gibt ständig Ärger. Du willst ein Feuerzeug einstecken. Ich will, dass es im Einkaufskorb landet. »Ich möchte das nicht Malik, nicht, wenn ich dabei bin, ok.« Du brüllst:

»Ruuuhe!« Ich lasse dich in Ruhe und gehe zu den Zeitschriften. Wir sind die einzigen Kunden im Laden. Dann schiebe ich dich zur einzigen Kasse im Laden und du bezahlst. Die weißblondgefärbte, dicke Verkäuferin guckt skeptisch zu ihrer Kollegin. Ich schiebe dich weiter bis zum Ausgang, in meinem Rücken höre ich deutlich, wie die Weißblonde zu ihrer Kollegin sagt: »Na, dann doch lieber tot, Inge, oder?« Ich will mich umdrehen, aber ich weiß nicht, was ich sagen soll, und schiebe den Rolli einfach weiter. Draußen frage ich dich, ob du gehört hast, was sie gesagt hat, hast du nicht. Ich will es nicht sagen, du fängst sofort an zu brüllen und ich sage es doch. Du sagst »eeegal«. Du zeigst du mir, was du noch alles aus dem Supermarkt transportiert hast: Zwei Päckchen Marlboro, das Feuerzeug, eine Flasche Cola und zwei Flaschen Bier. Ich bin sauer. Beim Einkaufen klaust du regelmäßig, jedes Mal. Niemand traut dir das zu, »Behiiindertenbonus«.

Ich bringe dich zurück und beobachte deine Mitpatienten misstrauisch. Sie sind mir jetzt nicht mehr geheuer. Dann werde ich abgeholt und fahre zurück nach Kiel.

Drei Tage später ruft mich meine Mutter an. Sie ist erstaunlich ruhig, während sie erzählt. Meine Mutter ist sonst nie ruhig. Sie hat dich gerade besucht. Du hast tief und fest geschlafen und warst nicht wachzukriegen. Am vorherigen Tag war sie auch schon da. Auch da hast du geschlafen. Daraufhin hat sie gefragt, was los ist. Die Antwort war »Dormicum«.

Jeden Tag zur Mittagszeit wird die Essensglocke geläutet. Eine Messingglocke, die an einem Gestell im Flur hängt. Die Rollstuhlfahrer, die Spastiker und die

Durchgedrehten rollen dann alle zum Speisesaal. Es ist der Höhepunkt des Tages. Am Tag nachdem ich da war, hast du die Essensglocke eine Stunde nach dem Essen geläutet und alle sind gekommen und wollten noch mal essen. Die Durchgedrehten sind durchgedreht, weil die Glocke schlug, aber kein Essen da war. Es gab wohl einen ziemlichen Aufruhr. Deswegen das »Dormicum«. Zur Strafe. Du hast 48 Stunden im Schlafkoma verbracht, zur Strafe.

In zwei Wochen wird Malik auf eine andere Station verlegt. Vielleicht ist es da besser.

Ich rufe Jo an. Die Nummer kann ich auswendig, auch heute noch. Die Geschichte mit der Glocke kennt er, obwohl er noch nicht in Lühnde war. Die Stationsleitung hat ihn angerufen und sich über Maliks Verhalten beschwert. Er hat versucht zu schlichten, wie schon oft, leider erfolglos. Die 48 Stunden auf Dormicum nimmt er hin, zumindest sagt er nichts dazu. Eine kurze sprachlose Stille. Jo erzählt, dass Maliks Oma gestorben ist. Die Oma war sehr alt, trotzdem ist es traurig. Es gab eine große Beerdigung und alle aus der Familie waren da. Malik hat er das nicht erzählt.

Wätzum. Mit der 3 oder der 7 zum Kröpcke, dann umsteigen Richtung Misburg, von da in den Bus. In Ahlten den Bus wechseln, die warten aufeinander, das ist gut, Wätzum aussteigen, dann bin ich in der Außenstelle der Lühndener Klinik.

Ich brauche eine Stunde und 25 Minuten und laufe noch fünf Minuten bis zum Eingang. Es ist kalt und grau, obwohl es bald Sommer wird. Es sieht nach Regen aus. Das Gebäude wirkt unfreundlich, ein alter Kasten, so einladend wie ein Gestapo-Hauptquartier. Ich gehe die Treppe

zur Eingangstür hoch und melde mich beim Empfang. Malik ist im Nebengebäude untergebracht, im Heim- und Langzeitbereich für Männer. Ich gehe zum Nebengebäude, das Wabe 5 heißt, und überlege, ob du ein Mann bist. Du bist grad 21 geworden und hast letztes Jahr Abi gemacht. Männer sind Leute mit Kindern und Haus und Beruf und Frau, vielleicht noch eine Geliebte. Du könntest eine Freundin haben, oder zwei, bestimmt keine Geliebte. Du kannst nicht mal mit 'ner Bohrmaschine umgehen, immerhin kannst du dein Fahrrad reparieren. Was jetzt wohl mit dem Fahrrad ist? Brauchst du wahrscheinlich nicht mehr. Das denke ich mir so, während ich zum Nebengebäude gehe. Wabe 5 ist ein Siebzigerjahre-Bau in Grün und Braun. Sieht allerdings nicht so aus, als wäre er in den letzten zwanzig Jahren renoviert worden. Ich öffne die Glastür zum Foyer. Das Foyer ist relativ groß, ebenfalls in Grün und Braun. Es gibt eine Treppe, die in den ersten Stock führt, einen Gang rechts und einen links. Ich frage jemanden, der offiziell aussieht nach Zimmer W7. Es ist den Gang entlang rechts im Erdgeschoss auf der rechten Seite. Ich bemerke, dass die Männer, die hier sonst wohnen, eher Opas sind. Es riecht nach alter Mann. Schon im Foyer sitzt ein verwahrlost aussehender Opi und starrt mich an. Dann kommt mir ein etwa 50-Jähriger entgegen, der ein Kehrblech und einen Handfeger in der Hand hat. Mit dem Handfeger wischt er sich übers Gesicht, während er im Kreis geht. Wozu er das Kehrblech braucht, weiß ich nicht. Ich fasse den Regenschirm, den ich in der Hand halte, fester, zur Not kann ich damit zuschlagen. Der Nächste, dem ich begegne, sitzt auf einer Plastikbank im Gang und nuschelt vor sich hin. Als ich an ihm vorbeigehe, hört das Nuscheln kurz auf.

Ich klopfe bei Zimmer W7. Es passiert nichts. Ich klopfe ein weiteres Mal und eine Männerstimme brüllt: »Ja!« Der Ja-Sager sitzt auf einem unordentlichen Bett im Unterhemd. Das Feinripp-Unterhemd war wahrscheinlich früher weiß, jetzt ist es eher braun mit vielen Flecken. Von der Unterhose sieht man nicht viel, weil der Bauch das meiste verdeckt. Er schaut mich an, als wäre ich eine Erscheinung. »Ich suche Malik«, sage ich. »Ich bin Uwe«, sagt Uwe und deutet auf die Seite hinter der Tür. Da steht das zweite Bett im Zimmer, auf dem Malik liegt. Sein Gesicht ist zur Wand gedreht. Ich gehe zu ihm, lege ihm die Hand auf die Schulter und sage: »Hallo«, er dreht sich zu mir und sagt »hay«, und versucht zu lächeln, was nicht ganz klappt, er hustet. Jetzt brüllt Uwe von drüben: »Wer bist du?«

Malik hustet noch und ich wende mich kurz zu Uwe, um ihm zu sagen, wer ich bin, aber bevor ich antworten kann, wird aus dem Husten von Malik ein »Halt's Maul!« in Richtung Uwe. »Ihr habt's aber nett hier«, sage ich. Daraufhin lacht Malik, aber das Lachen scheint ihm weh zu tun. Ich halte ihn fest. Dann ist es still und ich schaue mich im Zimmer um. Das Zimmer ist ungefähr 16 qm groß. An der Stirnseite ist die Tür, an den Seiten stehen die zwei alten Krankenhausbetten, Kopfende am Fenster, daneben zwei Krankenhausnachttische. Neben der Tür ist noch Platz für ein kleines Waschbecken. Gegenüber ist das Fenster. Über dem Bett von Uwe hängt ein Bild, eine Berglandschaft mit untergehender Sonne. Das Bild hängt schief. Malik fängt wieder an zu husten. »Ich hol dir Wasser, dein Glas ist ja leer«, sage ich und will mich zum Wasserhahn wenden. Jetzt wird aus dem Husten ein »Naeein«. »Wer hustet, muss Wasser trinken«, ich nehme das Glas vom Nachttisch und gehe zum Waschbecken. Hier weiß ich, warum Malik »Nein« gesagt hat. Der ganze Raum ist ziemlich dreckig, aber als ich das Waschbecken sehe, muss ich würgen. Das Waschbecken ist nicht weiß. Es ist übersät von Auswurf und Blut. Was die braunen Flecken sind, möchte ich nicht wissen. Wobei ich mich frage, wenn es Scheiße ist, was so aussieht, wie kommt die denn auf der Höhe da hin? Ich nehme das Glas, stelle es auf Maliks Nachttisch und sage: »Bin gleich wieder da.« Hier muss es irgendwo ein Schwesternzimmer geben, irgendwer muss für die Scheiße hier verantwortlich sein. Ich gehe zurück ins Foyer und schaue mir die Wegweiser genau an, die mir schon vorhin den Weg nicht gewiesen haben. Eine Frau im Kittel kommt an mir vorbei. Ich halte sie an und sage: »Entschuldigung, wo kann ich denn eine Flasche Wasser bekommen?«

»Wozu brauchen Sie denn Wasser?« Ich überlege kurz, ob ich »zum Wäschewaschen« sage, denke aber, solche Antworten kriegt sie wahrscheinlich oft.

»Trinken, zum Trinken, mein Freund Malik hustet ziemlich stark und er hat kein Wasser auf dem Zimmer.«

»Sie können auch das Wasser aus'm Hahn nehmen«, dann will sie weitergehen.

»Will ich aber nicht«, sage ich in ihren Rücken. Sie wendet sich zu mir »Ach, für den Malik muss es Mineralwasser sein.« Ja, du alte Vettel, denke ich.

Ich lächle. »Ich glaube auf dem Zimmer ist die Wasserversorgung kaputt, da stimmt irgendwas nicht, vielleicht können Sie da nachschauen, das wäre toll.« Daraufhin dreht sie sich wortlos um, geht weg und kommt kurz darauf mit einer Wasserflasche zurück. Sie reicht mir die Wasserflasche, als wäre sie aus Gold: »Bitte.« Ich überlege ganz kurz, ob ich antworte: »Ich hätte aber gern Medium« und sage »danke«.

Malik trinkt das Wasser. Er trinkt wie ein Verdurstender in der Wüste, danach hustet er. »Du siehst krank aus.« Zurück kommt: »Daaenke«. Er ist weiterhin schwer zu verstehen, aber ich habe mich im Laufe der Monate eingehört.

Dann erzählt Malik. Ich sitze an seinem Bett mit dem Rücken zur Tür und höre zu. Zwischendurch reiche ich ihm die Wasserflasche. Malik ist hier seit drei Tagen, Therapien, Logopädie oder sonst irgendwas finden nicht statt. Er ist krank, aber es kommt kein Arzt. Er liegt hier rum, es passiert nichts und er hat Hunger. Er hat Hunger, weil er sich ekelt. Die Mahlzeiten werden im Gemeinschaftsraum eingenommen. Alle sitzen um den Tisch rum und nehmen sich das Essen mit der Hand aus den Schüsseln. Es ist dreckig. Auch zum Essen wird von den meisten kein Besteck benutzt. Die Menschen hier waschen sich nicht oder nur sehr wenig. Wie um das zu bestätigen, geht in diesem Moment die Tür hinter mir auf. Ein Pfleger steht in der Tür und ruft: »Uwe duschen!«

Daraufhin antwortet Uwe: »Neein, ich hab doch erst letzte Woche geduscht.« Der Pfleger schließt die Tür. Ich warte drauf, dass sich das als Scherz entpuppt. Der Pfleger ist ein lustiger Kerl und liebt BILD-Witze. Es passiert nichts. Ich bin in der Realität. Dann frage ich, ob Jo schon hier war. War er nicht. Ich bin Maliks erster Besuch. Ihn schüttelt ein weiterer Hustenanfall. Ich schaue aus dem Fenster und sehe, wie der Mann, der vorhin auf der Plastikbank saß, am Fenster vorbeigeht. Er sieht mich und bleibt stehen. Er grinst, macht sich die Hose auf und holt sich einen runter. Malik fragt, ob irgendwas ist. Ich sage: »Nichts, es ist nichts. Ich besorg dir was zu essen.« Bevor ich rausgehe, lasse ich meinen Walkman da, zum Ablenken. Leider hab ich nur eine Kassette dabei, Closer, von Joy Division. Hilft wahrscheinlich nicht, die Stimmung aufzuhellen.

Nachdem ich die Tür hinter mir geschlossen habe, überlege ich, wo ich etwas zu essen herkriege. Ich frage nach der Krankenhausküche, vielleicht kann ich ein Brot machen oder sie haben noch was übrig, am besten direkt aus dem Topf, aber vorher besorg ich Desinfektionsspray und desinfiziere das Essen. Die Schwester sagt mir, dass Malik während der Essenszeiten essen soll und die ist um 12.00 Uhr und das ist vorbei. Es gibt um 17.00 Uhr Abendessen im Gemeinschaftsraum. Zwischendurch ist keine Essenszeit. Das ist hier so und das war schon immer so und das sei ja wohl kein Problem. Ich antworte, dass das für sie sicher kein Problem sei, für Malik ist es eins. Und außerdem möchte ich, dass ein Arzt zu Malik kommt, der ist nämlich krank. Ja, ja, der käme schon noch, ich soll mir mal keine Sorgen machen. Meine letzte Frage ist: »Gibt's hier einen Supermarkt?« »Nein.«

Ich verlasse das Gebäude und gehe zur Straße, es ist noch genauso kalt und grau wie vorhin. Es scheint tatsächlich keinen Supermarkt zu geben. Einen Imbiss oder so was Ähnliches sowieso nicht. An der Haltestelle gucke ich nach dem Fahrplan. Der nächste Bus fährt in 40 Minuten Richtung Sehnde. In Sehnde gibt es wahrscheinlich einen Supermarkt. Ich will hier nicht 40 Minuten warten, also stelle ich mich an die Straße und halte den Daumen raus. Mir ist nicht wohl dabei.

Das zweite Auto, das vorbeifährt, hält. Ein Mann sitzt am Steuer, etwa 30 Jahre alt, hellblaue Jeans, rosa-weiß kariertes Hemd, blaues Sakko. Das dunkelblonde Haar trägt er kurz.

»Wo willst du hin?«

»Gibt's in Sehnde einen Supermarkt?«

»Ja, Kaiser's.«

»Da will ich hin.«

Ich sitze im Auto und schaue aus dem Fenster.

»Was macht denn ein Mädchen am Mittwoch bei Kaiser's?«

Ich schaue ihn an.

»Hast recht, blöde Frage.«

Nach zehn Minuten sind wir da. Er lässt mich am Supermarkt raus und sagt: »Pass auf dich auf.«

»Danke«, sage ich und schließe die Autotür.

Ich stehe vorm Supermarkt, der Kaiser's scheint riesig zu sein. Drinnen nehme ich mir einen Einkaufswagen. Es ist ziemlich leer am Mittwoch um 13.30 Uhr. Ich weiß nicht, was ich kaufen soll. Mit dem Einkaufswagen rolle ich durch die Gänge. Ich rolle an Gummibärchen, Keksen, Gewürzgurken, Dosentomaten und Fischkonserven vorbei. Danach kommen Knäckebrot, Eier und Milch.

Ich rolle weiter und kann mich nicht entscheiden. Die Kaiser's-Mitarbeiter beobachten mich misstrauisch. Am besten was Eingeschweißtes, haltbar ohne Kühlschrank, man muss ohne Besteck und Teller essen können. Nichts was krümelt, das ist nicht gut bei Husten. Die Zeit drängt. Ich stehe vor den Fischkonserven und kann mich nicht entscheiden. Ich weiß, dass ich mich beeilen muss, und bin handlungsunfähig, überfordert zwischen Sardinen und Rollmops. Sardinen Rollmops, Rollmops Sardinen. Sardinen Rollmops. Ich fühle mich hilflos. Wie gelähmt. Ich verlasse den Supermarkt mit einer Packung Madeleines, Gewürzgurken, einem Glas Rollmops, Sardinen in Öl, einer Packung Schnittkäse, einer Tüte Gummibärchen, einer Tafel Rittersport Nougat und einer Packung spanische Salami geschnitten. Außerdem nehme ich noch eine Flasche Hohes C mit, das ist gesund. Beim Supermarkt-Bäcker kaufe ich drei trockene Brötchen.

Draußen hat es angefangen zu regnen. Meinen Schirm hab ich leider in der Klinik vergessen. Für den Rückweg mache ich mir nicht mehr die Mühe, zur Haltestelle zu laufen, ich stelle mich direkt an die Landstraße Richtung Wätzum. Es sind wenig Autos unterwegs. Keiner will mich mitnehmen. Ich warte 15 Minuten im Regen mit meiner Kaiser's-Einkaufstüte, bis ein Opel Astra hält. Es sind drei Personen im Auto, alle nur wenig älter als ich, der Fahrer mit blondem Vokuhila und zwei gutgelaunte Frauen. Ich sitze hinten mit meiner Plastiktüte auf dem Schoß und höre Peter Maffay. Bei »Sonne in der Nacht« singen alle mit. Die drei wundern sich, dass ich in Wätzum raus will, sie würden mich auch mit nach Hannover nehmen. Das ist nett, aber ich hab hier noch was zu erledigen.

Bei Malik angekommen, packe ich meine Schätze aus. Es ist mir unangenehm, dass ich nichts Besseres mitbringe. Meine Auswahl ist mir peinlich, als ich sie auf dem Nachttisch ausbreite. Malik ist das egal, er fängt mit dem Rollmops an. Beim Essen helfe ich ihm. Ich hindere ihn daran, die Nougatschokolade zwischen zwei Rollmöpsen zu essen. Er wird total sauer. Dann verstehe ich. Er ist erwachsen, genauso alt wie ich und kann essen, was er will, selbst wenn er hinterher kotzt. Zum Glück kotzt er nicht. Aber er hustet noch und hat kalten Schweiß auf der Stirn. Ich packe die Lebensmittel zusammen, viel hat er nicht gegessen, und suche einen Arzt. Ich gehe direkt in den ersten Stock. An der Tür, wo Arztzimmer steht, klopfe ich. Es macht keiner auf. Daraufhin gehe ich noch mal zur unfreundlichen Schwester. »Ah, die kleine Freundin von Malik«, sagt sie jetzt ganz freundlich, »die Frau Schulze-Gofreit würde Sie gerne sprechen.«

»Mich? Ist das die Ärztin, das wär großartig?«

»Ja, ja, das mit dem Arzt können Sie alles mit Frau Schulze-Gofreit besprechen, der kommt schon noch, keine Sorge.«

»Wo finde ich denn die Frau Schulze-Befreit?«

»Gofreit. Erster Stock, links, den Gang lang.«

Als ich hier klopfe, werde ich sofort hereingebeten. Eine Frau sitzt hinter einem Schreibtisch, vor dem zwei Stühle stehen. Auch dieser Raum wirkt dunkel und muffig wie die ganze Klinik, allerdings ist alles sehr sauber. Die Frau ist jung für eine Ärztin, vielleicht Mitte, Ende zwanzig. Sie ist schmal, fast knochig, hat dünne blonde Haare in einem kurzen Bob und trägt eine Brille. Ihre Stimme ist leise, sie spricht die ganze Zeit auf einem Ton:

»Hallo, ich bin die Marion Schulze-Gofreit und du bist die Freundin von Malik?«

»Die Ex-Freundin.« Marion Schulze-Gofreit schaut mich traurig an.

»Sind Sie Ärztin?«, frage ich sie. Sie lächelt: »Nein, natürlich nicht, ich bin Sozialarbeiterin hier.«

»Gut, dass es hier eine Sozialarbeiterin gibt, Sie haben bestimmt viel zu tun.« Ich setze mich auf den angebotenen Stuhl.

»Ich hab gehört, dir geht es nicht gut«, sagt die Frau und die Stimme wird jetzt noch leiser.

»Mir geht's prima, Malik geht's nicht gut.«

»Seid ihr lange zusammen?«

»Wir sind nicht, egal. Wann kommt der Arzt?«

»Der kommt schon noch. Schwester Ina hat mir erzählt, dass du dir große Sorgen machst, deswegen wollte ich mit dir sprechen. Es ist sicher schwer, wenn dein Freund plötzlich so krank wird. Das ist ein schwerer Schicksalsschlag für dich, oder? So ein Ereignis verändert das Leben, wie geht's dir denn damit?«

»Malik ist nicht krank. Der ist behindert. Ich mein, jetzt ist er krank. Husten, kalter Schweiß, zwischendurch zittert er. Er ist seit drei Tagen da und hat noch keinen Arzt gesehen. Ich mein, dem fehlt ein Drittel Lunge und er hustet sich die …«

»Du bist unzufrieden damit, wie wir mit den Bewohnern umgehen, stimmt das?«

»Das ist ein Saustall hier.«

Marion Schulze-Gofreit schweigt und blättert in ihren Unterlagen.

»Ich glaube, es wäre besser, wir beenden das Gespräch an dieser Stelle. Wir behandeln die uns anvertrauten Menschen wertschätzend, respektvoll und individuell. Das ist das Fundament unseres Handelns. Diesem Grundsatz fühlen wir uns verpflichtet. Wenn einzelne Angehörige damit nicht umgehen können, tut uns das leid, aber wir werden deswegen nicht unsere Richtlinien ändern.«

»Waren Sie mal im Erdgeschoss?«

»Du hast sicher eine schwere Zeit hinter dir.«

»Ich möchte, dass Sie mich siezen.«

»Was?«

»Ich bin zwanzig Jahre alt und ich möchte, dass Sie mich siezen und ich möchte, dass ein Arzt zu Malik kommt, jetzt.«

»Na, jetzt wird das sicher nichts.« Sie lächelt. »Vielleicht heute Abend, eher morgen«, sie blättert weiter in ihren Unterlagen.

Ich warte, hole Luft und sage: »Ich verlasse diesen Raum nicht eher, bis ein Arzt zu Malik ins Zimmer W7 kommt.«

Marion Schulze-Gofreit schaut auf. Ihr Blick verändert sich kurz, aber sie kehrt sofort zu ihrer Sanftmütigkeit zurück. »Ja, ja, vielleicht können wir ein andermal sprechen.«

»Ich verlasse diesen Raum nicht eher, bis ein Arzt kommt.«

Sie steht auf, geht um ihren Schreibtisch und stellt sich vor mich. »Jetzt reg dich nicht so auf, das wird schon.« Ich stehe vom Stuhl auf. Wir sind ungefähr gleich groß und schauen uns an.

Marion Schulze-Gofreit verlässt das Zimmer. Ich bin jetzt allein und warte darauf, was wohl passieren wird. Nach fünf Minuten kommt sie zurück mit einem Mann. Es ist der Pfleger, der duschen wollte. »Na, gibt's Probleme?«, fragt er. »Malik ist krank, er braucht einen Arzt.«

»Ja, der hustet, hab ich auch gehört, weißt du, hier husten viele, da kommt sicher ein Arzt, mach dir …«

»Ich verlasse diesen Raum nicht eher, bis ein Arzt kommt.«

Dann sagt die Sozialfrau zum Pfleger: »Danny, ich hab's dir ja gesagt, was soll ich denn machen?« Sie klingt nun wie die kleine Schwester, die ihren großen Bruder geholt hat. Sie wendet sich zu mir und schaltet erneut auf sanft: »Das ist doch jetzt ein bisschen übertrieben.«

»Übertrieben?«, ich versuche mich zu beruhigen, »es ist übertrieben dreckig hier und das stört Sie überhaupt nicht, solange Sie's hier hübsch haben. Ich glaube, das geht Ihnen übertrieben am Arsch vorbei, wie es den Menschen hier geht. Malik braucht Hilfe. Was macht der überhaupt hier? Was ist das für 'ne seltsame Station?«

Sie kommt auf mich zu und will mir die Hand auf den Arm legen. Ich ziehe den Arm weg, bevor sie mich berühren kann. Wir drei stehen im Zimmer der Sozialfrau und es ist still.

Danny sagt: »Also ich hab in 'ner halben Stunde Schichtwechsel.«

Schulze-Gofreit fängt an hin und her zu gehen. »Wir sind personell sehr eng ausgestattet, auch bei den Ärzten. Natürlich gibt es Dinge, die suboptimal sind, die vielleicht besser laufen könnten, ich meine, wo gibt's das nicht. Ja, die Altersstruktur auf der Station, der Malik passt da, na ja. Auch wir würden uns manches anders wünschen.« Währenddessen verlässt Danny wortlos den Raum. Sie hört auf zu reden. »Danny, wo gehst du denn hin?« Aber er ist schon weg und jetzt ist es wieder still.

Nach einer Weile geht sie zurück an ihren Schreibtisch. Sie rückt ihre Brille zurecht und blättert in den Unterlagen. Ich stehe im Raum. Sie tut so, als wäre ich nicht da.

Die Tür geht auf, Danny schaut rein und sagt: »Dr. Mayer ist jetzt bei Malik.«

Ich verlasse das Büro von Frau Schulze-Gofreit, ohne mich zu verabschieden.

Ich gehe zu Malik. An seinem Bett steht ein Mann im weißen Kittel, der ihn mit dem Stethoskop abhört. Daneben steht Schwester Ina. Ich nicke Malik zum Abschied zu und gehe. In meinem Rücken höre ich, wie Dr. Mayer sagt: »Warum haben Sie mich nicht früher«, dann bin ich zu weit weg. Ich gehe den Gang entlang, durch die Glastür zur Straße und bis zur Bushaltestelle. Ich muss nicht lange auf den Bus warten. Zu Hause rufe ich als Erstes bei Jo an. Er sagt mir, dass die Klinik gerade angerufen hat. Malik hat eine schwere Lungenentzündung. Ich erzähle, die Tränen laufen mir die Wange runter. Ich erzähle weiter. Es fällt mir schwer zu sprechen, weil ich zwischendurch schluchze. Wie ein Kind, das vom Fahrrad gefallen ist. Das Letzte, was ich sage, ist: »Er kann da nicht bleiben.« Maliks Vater sagt: »Es gibt keinen anderen Ort, es ist nur zur Überbrückung.« »Und zu Hause?« »Malik ist hier nicht mehr zu Hause, wir haben das Zimmer schon umgeräumt.« Ich verabschiede mich und lege auf.

Ich sitze in einem von diesen neuen Zügen und fahre zurück nach Kiel. Es ist alles weiß und ziemlich schick. Ich gucke zweimal, ob ich nicht aus Versehen in der ersten Klasse gelandet bin. Die Landschaft rast an mir vorbei. Durch Unterlüß fahren wir so schnell, dass ich das Schild nur bis »Unterlü« lesen kann. Hier wollte ich früher mal aussteigen, weil der Name so schön ist. Aber der ICE hält nicht in Unterlüß.

*

Du wirst nie mehr auf einer Party rumstehen und aus lauter Langeweile viel zu viel Alkohol trinken.
Du wirst dich nie ärgern, dass du die S-Bahn verpasst hast und jetzt zu spät zur Arbeit kommst.
Oder einen Zug.
Du wirst nie in Eile sein.
Du wirst nie wieder Hoffnung auf haben. Eine Beförderung, eine Medaille, ein Kind.
Du wirst nie wieder Fahrrad fahren.
Auto auch nicht.
Du wirst nie denken: »Heute komm ich pünktlich weg.«
Auch nicht: »Heute machen wir uns ’nen schönen Abend.«
Du wirst auch nie denken: »Wieder nur schlechte Nachrichten in der Zeitung.«
Du wirst nie wieder Zeitung lesen.
Du wirst nie wieder essen, was du dir ausgesucht hast, auf die Art zubereitet, wie du das möchtest. »Bitte medium rare«, kein Mensch wird dir zuhören, wenn du diesen Satz sagst.
Du wirst nie wieder Kleidung tragen, die du dir ausgesucht hast.
Du wirst nie Geld verdienen.
Du wirst nie wieder einen Menschen treffen, der zu dir aufschaut.
Du wirst nie wieder einen Menschen treffen, der Achtung vor dir hat.
Du wirst nie wieder ein Buch lesen oder einen Film sehen.
Du hörst seit 30 Jahren die gleiche Musik.
Du weißt nicht, was Internet ist.
Du weißt nicht, wer der amerikanische Präsident ist.
Du wirst nie Golf spielen, auch nicht mehr Tennis.
Du wirst dich nie auf freie Zeit freuen.
Auch auf nichts anderes.

Wald. Ich bin im Wald. Wieder ein Wochenende in Hannover. Ich schiebe Maliks Rollstuhl durch die trübe Eilenriede. Er wohnt jetzt in meinem alten Zimmer. Meine Mutter und ihr Lebensgefährte haben ihn zur Überbrückung aufgenommen. Das ist ganz schön nett, und deswegen komme ich, so oft ich kann, zum Helfen. Helfen beim Aufstehen, beim Duschen, beim Essen. Aufpassen, dass Malik unsere Türrahmen nicht ruiniert. Wir haben uns gestritten. Ich hab keinen Bock auf einen Behinderten mit 'ner Bierpulle in der Hand. Nicht im Wald, nirgendwo. Ich find's auch nicht lustig, wenn er mir mit Absicht über die Füße fährt. Also entweder mit mir und ohne Bier in den Wald oder nicht in den Wald. Die Antwort war Wald. Jetzt schiebe ich Malik schweigend die befestigten Wege entlang. Es fängt an zu nieseln. Wir ignorieren das Wetter und ich schiebe weiter. Die Klinik, in die er bald kommen soll, ist in Süddeutschland. Vielleicht wird's da ja besser. Das Wetter wird wahrscheinlich besser. Ich gucke in die Bäume und habe wenig Hoffnung. Der Nieselregen hört auf und die Sonne kommt durch. Ich gucke weiter in die Bäume und denke an die Zukunft. Jetzt fängt Malik an zu ruckeln. Ich halte an, gehe zwei Schritte nach vorn und drehe mich zu ihm. Er hat die offene Bierflasche aus seiner Jacke geholt und grinst mich an.

Was passiert, wenn ich einen lallenden Behinderten allein im Wald stehen lasse. Das Kurzzeitgedächtnis ist im Arsch und mit dem Rest vom Gedächtnis sieht's auch nicht gut aus. Wahrscheinlich kann er nicht beschreiben, wo er hinmuss. Wenn ihn jemand anspricht, wird er sagen »zua Clohhh«.

Ich schreie ihn an, aber er grinst nur und nuckelt an der Bierflasche. Dann geh ich kurz weg, jetzt schreit Malik.

Ich lehne an einem Baum, die Füße im nassen Laub, und höre ihn schreien.

Ich lasse ihn nicht stehen. Ich bringe Malik zurück zu meiner Mutter, die mit dem Essen auf uns wartet. Zwei Tage später ruft sie mich in Kiel an und erzählt, dass er in den Rolli gepisst hat. Wahrscheinlich war's aus Protest, vielleicht aus Not.

Nach der Zeit bei meiner Mutter ist Malik bei Josh. Drei Wochen lang. Josh wohnt im vierten Stock. Er trägt Maliks Rolli bei jedem Ausflug vier Treppen runter, wenn der Rollstuhl am Treppenabsatz geparkt ist, hilft er Malik, der oben auf einem Stuhl gewartet hat, nach unten. Auf dem Rückweg geht es vier Treppen wieder hoch. Die beiden machen oft Ausflüge. Einmal mache ich auch einen Ausflug. Ich hole Malik ab und wir fahren mit der U-Bahn zum Pavillon. Der Pavillon ist das, was man ein alternatives Veranstaltungszentrum nennt. Es gibt Konzerte, Theater, Sprachkurse und Kurse für Makramee. Alles Mögliche. Ich will mit ihm zu einer Selbsthilfegruppe für Behinderte. Schon am Pavillon Eingang begegnen uns die ersten Teilnehmer. Die sind leicht zu erkennen. Alles Leute, die aussehen wie Malik. Wir werden sehr freundlich begrüßt. Malik will sofort weg. Nach fünf Minuten Pavillon fahre ich mit U-Bahn und Rollstuhl wieder zurück zu Josh.

Josh studiert inzwischen und wenn er in der Uni ist, macht Malik die Musik so laut, dass sich die Nachbarn beschweren. Auch das türkische Paar. Die Özers sind gerade Eltern geworden. Sie klingeln und bitten freundlich um Rücksicht. »Okaaay«, sagt Malik. Kaum ist Josh weg beschallt Nirvana weiter das ganze Haus, »Negative Creep«.

Zum Glück geht nur ein Spiegel kaputt und natürlich: Türrahmen. Für die Wohnung ist das eine gute Bilanz.

Hallo Klo, *Ettlingen, 12. 12. 89*
how do you do? Merci bien, je suis bien. Na, ja, den Umständen entsprechend. Heute bin ich scheiße drauf, sehr scheiße! Ich versau es mir noch mit allen. Ich freue mich auf dich, besser ich brauche dich. Das Datum ist ein Witz. Alles Scheiße! Ich habe mich in eine Therapeutin verliebt, aber sie sich nicht in mich. Alles scheiße! Ich will raus aus diesem Irrenhaus. Ich mußte das einfach jemandem erzählen. Du hast gesagt: »Es lohnt sich.« Weiß ich selber, daß es sich lohnt. Grüße aus dem Süden. Und bei dir so. Je t'aime, somehow. Ich glaube ich mach Ende,
in Liebe
yours Malik

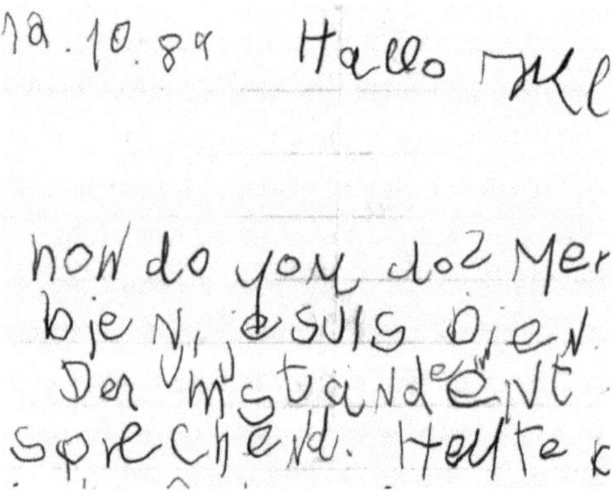
12.10.89 Hallo Kl
how do you do? Mer
bien, je suis bien.
Den Umständen ent
sprechend. Heute

1989. 1989 war noch alles gut. 1989 warst du auf dem Sinai, bist durch die Wüste gelaufen und hast mit irgendwelchen Frauen in die Sterne geguckt. 1989 war ich froh, dass ich dich los war, und konnte mich trotzdem für dich freuen.

Ettlingen. Ich stehe morgens um 7.20 Uhr am Kieler Hauptbahnhof und friere. Dem Wind kann man hier nicht entkommen. Neben dem Bäcker, vor dem Bäcker, hinterm Zeitungsstand, egal, im Aufenthaltshäuschen ist es am schlimmsten.

Um 7.37 Uhr kommt endlich der Zug. Im Zug versuche ich noch ein bisschen zu schlafen, klappt aber nicht. Kurz vor Hamburg gehe ich aufs Zugklo, um mich anzuhübschen. Am Hamburger Hauptbahnhof treffe ich meinen Freund, da will ich hübsch sein. Um 8.45 Uhr stehe ich am Gleis 13 und warte. Er kommt gerade die Treppe runter, als der Zug Richtung Kassel einfährt. Was vergessen, sagt er. Simon und ich fahren nach Ettlingen. Wir sind um 11.53 Uhr in Kassel, um vier sind wir in Karlsruhe und um 16.39 steigen wir in Ettlingen Erbprinz aus. Es ist hier tatsächlich viel wärmer. Das Licht ist anders, das Gras wirkt grüner und der Himmel blauer. Der Weg zur Klinik ist für Fußgänger ausgeschildert. Auf dem Weg ziehe ich erst meine Jacke und danach den Pullover aus. Es geht wie gewohnt bergauf, aber nur ganz leicht. Kurz vor dem Eingang kommt uns ein Mädchen im Rollstuhl entgegen. Das Mädchen ist wahrscheinlich genauso alt wie ich, vielleicht jünger. Auf den Schultern trägt sie eine Art Käfig. Der Käfig ist um ihren Kopf rumgebaut. An zwei Stellen sind Käfig und Kopf mit Drähten verbunden. Ich mag da nicht hingucken und gucke doch hin. Sie grüßt mich und ich grüße zurück.

Ich hoffe, dass wir nicht zu spät sind, schließlich ist es schon fünf, als wir am Empfang ankommen. Wenn es um sechs Abendessen gibt, könnte es knapp werden. Der Mann am Empfang ist freundlich und sagt, dass wir überhaupt nicht zu spät sind. Abendessen ist um halb sieben, aber wenn man da etwas später kommt, macht das gar nichts. Er erklärt uns den Weg zur Station »Freiburg« und sagt noch, »wir freuen uns, wenn Besuch kommt«.

Malik sitzt auf dem Bett und lächelt. »Haay«, sagt er. Das Zimmer ist hell, sauber und zweckmäßig. Gegenüber vom Bett ist ein kleiner Tisch mit einer Schreibmaschine, kein Stuhl davor. Auf dem Nachttisch liegt ein Walkman, daneben große Kopfhörer und zwei kleine Boxen. Ich gehe auf ihn zu und umarme ihn, Simon umarmt ihn auch, eine Kumpelumarmung. Dann gibt er ihm die Kassette, die er mitgebracht hat. Malik bedankt sich. Für dieses Mixtape, hätte mein Freund beinahe den Zug verpasst. Ich will Malik in den Rollstuhl helfen, aber er will sich nicht helfen lassen, er zeigt uns, wie er allein vom Bett in den Rolli kommt. Wir gehen in den Klinikpark, Simon und ich wechseln uns ab beim Schieben. Es ist ein bisschen still und ich erzähle von meiner unmodernen Mutter. Wir haben Musik gehört und sie hat gesagt: »Ach, das war doch schön, dreh doch mal um.« Malik lacht. Wir leben in einer modernen Welt. Man hört keine Platten, man hört CDs und die kann man nicht umdrehen. Das weiß jeder, nur eben meine Mutter nicht. Der Klinikpark ist ganz schön. Obwohl alle Wege planiert sind, ist es sehr grün und angenehm. Malik erzählt, dass sein Vater gestern da war, was für Therapien er bekommt und wie schön die Krankengymnastin aussieht. Groß, sportlich, lange schwarze Haare. Zwischendurch korrigiert er seine Sprache, wenn einzelne Worte nicht so rausgekommen sind, wie er es wollte. Wir treffen das Mädchen mit dem Käfig um den Kopf, sie heißt Corinna und scheint ihn zu mögen. Zum Abschied bringen wir Malik zum Speisesaal. Auch dort wird er freundlich begrüßt. In Ettlingen übernachten Simon und ich in einer kleinen Pension mit einer neugierigen Wirtin. Haben wir vorher bestellt über die Touristinformation. Wir sind gut organisiert.

Am Samstag gibt es keine Therapien und Malik erwartet mich am Eingang.

Ich erfahre von ihm, wie die Klinik aufgebaut ist und dass die Stationen hier Namen von Städten haben, damit man sich nicht so leicht verläuft. Es gibt hier viele Patienten, die ähnliche Probleme haben wie er, die sind nicht doof, sondern haben wegen ihrer neurologischen Erkrankung Schwierigkeiten mit dem Orientierungssinn. Es ist leichter für die, sich Freiburg in Baden zu merken als Station F, zweite Ebene. Malik führt mich durch das Klinikgelände und grüßt viele Menschen. Die Menschen grüßen zurück. Niemand spricht in Babysprache mit ihm. In der Physiotherapie gibt es auch einen Bereich, wo man alleine üben kann, da will er heute Nachmittag noch hin. Ich finde es toll, dass er freiwillig übt. Malik grinst. Die Krankengymnastin heißt Andrea.

Hi süsses Clöchen,
Schön, daß ihr da wart. Im Süden ist's arg hübsch, gell (südd.). Grüß Simon. Ich freue mich die ganze Zeit, an seiner Kassette »durcheinander«. Ja, was soll ich sagen? Die Therapien hier werden von schwer kompetenten Leuten ausgeführt …
Sag Simon, er soll auf dich aufpassen.
Küsschen
Malikuss

Schwarzwald. Auf dem Rückweg in den Norden machen wir Urlaub im Schwarzwald. Wie Rentner. 21-jährige Rentner. Damit wir uns auch richtig wie Rentner verhalten, singen wir auf dem Weg. »Das Wandern ist des Müllers Lust«, das passt ganz gut, aber danach fällt mir nur noch »An der Nordseeküste« ein. Es ist schön hier. Ob der Schwarzwald Schwarzwald heißt, weil er schwarz ist? Wir überlegen, ob es auch einen Weißwald gibt. Du sagst, dialektisch gesehen, müsste es den geben. Auf einer Anhöhe machen wir Pause.

Ich mag Sex an ungewöhnlichen Orten. Trotz Ameisen, Tannennadeln und Fuchsscheiße ist das Moos weich und der Blick grandios. Man sieht saftige Wiesen, Felder und Bauernhöfe. Wir sind geschützt im dunklen Wald, weit oben. Wir schauen auf die Landschaft, die sich unter uns ausbreitet. Es ist gut. Außer, dass mich was gebissen hat. Simon ist der Meinung, dass das Killerameisen waren und dass man den Biss unbedingt aussaugen muss.

Ich schlage vor, einen Notarzt zu rufen. »Ich bin Notarzt.«

»Nein, du bist Medizinstudent und hast nicht mal dein Physikum.« Simon tut so, als wäre er beleidigt. Aber er ist nicht lange beleidigt und erklärt mir, wo was ist am menschlichen Körper. Er erklärt das am lebenden Objekt, nämlich an mir. »Hier fließt die soundso und da ist der Dingsdaknochen und das ist der Mons Pubis.«

Der Mons Pubis. Ich finde, dieser Berg sollte weiblich sein. Die Mons Pubissin. Simon stöhnt auf »Claudette, das ist ein Genitiv. Das funktioniert so nicht«, jetzt spricht er extra langsam, »also, es ist ja so: Pubis ist ein Genitiv, Mons pubis heißt ›der Berg der Scham‹, das ist kein Adjektiv, das man zum Maskulinum machen könnte.« »Mach ich ja auch nicht, ich mach's ja weiblich«, rufe ich. Simon guckt mich jetzt ganz mitleidig an und ich denke, hier hilft nur rohe Gewalt. Während ich ihn haue, beschimpfe ich ihn als kleines Pübsschen.

Wir steigen den Schwarzwaldberg wieder runter, setzen uns ins Wirtshaus und trinken Alpirsbacher Klosterbräu. Die Bedienung schaut mich komisch an, Simon hat mir nicht gesagt, dass ich Tannennadeln in den Haaren habe.

Liebes Clöchen,
eben Mittagsschlaf gehalten, da ist mir etwas sehr Merkwürdiges passiert –rhetorisch Pause, jetzt wird's richtig wichtig: Ich habe wachgeträumt, daß ich völlig besoffen war, zugegeben nicht unangenehm. Würde diesen Wachtraum in netter Gesellschaft, gerne mal wiederholen. Da mein Wackelman Autoreverse, Akku und Aktiv-Lautsprecher besitzt, geh ich davon aus, daß dieser Wachtraum, eine Reaktion, meines Unterbewußtseins, auf die geile Mucke ist, die Simon mir aufgenommen hat.
Andrea fällt als Begleitung für die Realisierung meines Traumes allerdings flach, sie trinkt keinen Alkohol. Deshalb meine Frage an euch ...??!!
See you,
Malik

Ich bin ein bisschen stolz auf Malik. Es gibt sicher nicht viele Behinderte mit Sprachstörungen, Haarausfall und deutlichem Bauchansatz, die sich so eine klasse Frau an Land ziehen. Gut, dass sie keinen Alkohol trinkt.

Liebe Claudette
Jetzt habe ich aber voll viel zu berichten. Erst mal von meiner Zimmernachbarin: Theodore, 22 Jahre alt. Da sich ihr Hirnschaden vor Jahren ereignete, ist sie in ihrer pubertären Phase stehengeblieben. Poor, miserable cripple ... Ich

stufe sie als im höchsten Maße »notgeil« ein. Und scheiße sieht sie auch noch aus. Wobei das wohl eher nebensächlich ist, trotzdem führe ich es, der Vollständigkeit halber, an. Theodore ist seit ein paar Tagen meine Zimmernachbarin. Sie hat sich, als Vorwand mich kennenzulernen (notgeil!), den Vorwand gesucht, meinen Walkman (Aktivlautsprecher!) als zu laut zu empfinden. Nur heute hatte sie Pech, auf ihr Klingeln, nach dem Pflegepersonal hin, kam Herr Bind, ein ehemaliger Konzertveranstalter und ein Freund der »Militant Mothers«. Hangovers beste Band. Grüße an Moritz, falls ihr ihn mal seht.
Und dann war da eben noch die KG. Meine Lieblings KG. Grins. Weißt du übrigens, warum sie mir noch keinen E-Rollstuhl geben? Nein, woher auch. WEIL SIE NOCH NICHT SICHER SIND, OB ICH NICHT VIELLEICHT DOCH WIEDER GEHEN KÖNNEN WERDE. Geil, nicht wahr? So, jetzt mache ich aber mal Schluß, damit dich die »Informationen« baldiger erreichen! Horido und danke für den Fisch,
Yours
Malik

Ich frage mich, wo sich Andrea und Malik treffen in E.T. Im Geräteraum?

Liebes Clöchen,
anbei lege ich dir, eine Kopie, der Erzählung, für die 4-jährige Nichte Andreas. Wie findstn das?
Liebe Viktoria,
ich weiß zwar nicht, ob Viktoria mit k oder c geschrieben wird, aber da du, wie deine Großmutter mir versicherte, noch nicht lesen kannst, ist es wohl auch ziemlich egal!!!

Ich versuche gleich, eine Erzählung für dich zu schreiben, aber vorher sollte ich dir erklären, wer ich bin und warum ich dir eine Erzählung schreiben will. Also, ich heiße Malik Rabe, bin 21 Jahre alt, sitze leider im Rollstuhl (was das ist, kann deine Tante dir hervorragend erklären), habe einen Vater, aber keine Mutter, bin schon seit anderthalb Jahren in den unterschiedlichsten Krankenhäusern und jetzt weißt du auch schon alles über mich. Nein, ich bin seit drei Monaten der Liebste deiner Tante und ich habe noch nie versucht zu schreiben. Damit komme ich auch gleich zu dem Warum, also warum ich dir schreiben möchte. Erst mal, weil du mir, trotzdessen, daß du mich noch nie gesehen hast mit der Post, ein Küsschen gesandt hast (ich bekomme nämlich für mein Leben gerne Küsschen) und weil ich glaube, Andrea, die dich sehr mag, eine Freude damit zu machen. Und jetzt gehe ich erst mal Abendbrot essen.

Oder im Bettenlager.

Da ich dich überhaupt nicht kenne, weiß ich eigentlich gar nicht worüber ich schreiben will. König und Königin oder so fällt schon mal flach, fällt aus, da ich dieser Herrschaftsform so gar, gar nichts abgewinne. Auch wenn der König und die Königin herzallerliebst sein sollten, finde ich Könige schon prinzipiell gar nicht gut. Dann fiele mir noch etwas mit Tieren ein. Du magst doch Tiere?
Ich mag sehr gerne Tintenfische, Rehe und Garnelen.
Also Tiere. Nur Tiere? Nein! Oder ein Tier mit einem ganz kleinen König. Einem Kind-König und keinem Königskind! Und jetzt noch ein Tier. Etwas Liebes, Niedliches? Nein, zu langweilig, etwas Böses, Gefährliches? Nein, nicht gut für eine Erzählung, für ein kleines Mädchen. Etwas Liebes und

Gefährliches! Ja, das ist gut. So wie ein Kätzchen. Also: jetzt pass mal gut auf, gleich fange ich an: Der Kindkönig und sein Kätzchen.

Es war einmal. Dem Kindkönig wird sein liebes Kätzchen weggenommen. Er weint so sehr. Er sucht auf den Feldern, im Wald und in den Bergen. Nirgendwo ist es zu finden. Wer tut denn so was, denkt sich der Kindkönig, wer mag nur so maßlos böse sein. Es ist doch nur ein kleines Kätzchen. Wer entführt denn bloß ein kleines Kätzchen? Die Jahre vergehen und der Kindkönig ist weiterhin voller Trauer. Er weint tagein, tagaus. Am Ende eines sonnigen Tages findet er einen Korb vor seinem Schloss. Der Korb ist groß und mit einem Tuch bedeckt. Der Kindkönig hebt vorsichtig das Tuch und siehe da: das Kätzchen. Aber es ist ganz dick und überhaupt nicht mehr lieb.

Liebe Claudette, *So/15. 3. 92*
lange nix gehört, doch nichts vergessen.
How's ur new flat? Tja, ich sitze, natürlich, noch im Rollstuhl. Von wegen Fortschritte, das ist wohl hauptsächlich »Sicherheit«.
Das meint, z.B. dass ich mich nicht mehr in Gefahr für Leib und Leben begebe, wenn ich mal den Rollstuhl verlasse (Toilette, Treppen, Fußballplatz). Ein weiterer Fortschritt könnte sein, sagt meine Logopädin, merke ich auch selber manchmal, daß ich vielleicht wirklich, ein bisserl (südd.) deutlicher und auch schneller spreche. Andrea und ich, sind »immer noch« zusammen, wobei es, von meiner Seite, ein bisserl (südd.) beginnt zu kriseln.
Kennst'e den schon?

Schwimmt ein Kuckuck auf'm Wasser, kommt ein Haifisch angeschwommen,
sagt der Kuckuck: »Hi«
sagt der Hai: »Kuckuck«
bis denn, sincerely yours
Malik

Austherapiert. Austherapiert heißt, dass keine weiteren Therapieoptionen mehr bestehen, dass die kurativen Behandlungsmöglichkeiten erschöpft sind, oder: Besser wird's nicht.

Malik über Malik
Meine Erfahrungen, in einer (gesunden) Umwelt

> *Zu Beginn sollte ich mich vorstellen.*
> *Name:* *Malik Rabe*
> *Diagnose:* *SHT*
> *Besonderheiten:* *Rollstuhlfahrend*
> *Jahrgang:* *'70*
> *Status:* *»Autounfallopfer«*
> *Soweit ist alles klar. Das find' ich gut.*
>
> *1. Kapitel*
> *Kindheit und Jugend:*
> *Malik wurde als Kind zweier algerischer Eltern in Celle geboren.*
> *Er musste seine leiblichen Eltern im zarten Alter von eineinhalb verlassen.*
> *Verwurmt und zerlaust, wurde Malik von Jo und Anke wegadoptiert.*
> *Weiß der Geier, was die beiden sich dabei dachten.*

Anke verließ den älteren und den jüngeren Herrn 1974 für immer.
Von da an war Malik den Launen des älteren Herrn erbarmungslos ausgeliefert. Jo's wechselnde Damenbekanntschaften waren Malik wohl ein gelungener Muttterersatz. 1989 bekam Malik, netterweise, das Abitur. Jo hatte keins!
Im Januar '90 hatte Malik einen Autounfall. Selbstverschuldet.
»This is the end, of my elaborate plans.«[3]

2. Kapitel
The Crash und Folgeerscheinungen:
Malik trat eine Odyssee durch die Rehabilitationskrankenhäuser an.
Erst mal aber lag er eine ganze Weile (ca. 6 Monate) im Koma. Aufwachen, tat Malik in der Reha Klinik.
Dort durfte er die ersten 12 Monate seiner Erkrankung ausleben.
Nach genau einem Jahr reichte es dem Personal und er wurde nach Lühnde zwangsverschoben.
Wegen eines netten Arztes in S. O. zuerst in die kleine Neurologie in Lühnde, als er dort auch überall anstieß, wurde er in das psychiatrische Dorf, Wätzum, verlegt, also geschoben.
Dort musste Malik nicht bleiben, er durfte. Eine Bekannte Maliks beendete diesen – wirklich nicht schönen – Zustand und nahm ihn zu sich. Malik verließ Heike, um erst bei Josh zu wohnen

3 The Doors, »The End«, 1967

und dann in die Albgau Klinik nach Ettlingen zu rollen. Dort durfte er neun Monate bleiben, genau bis zu dem Abschluss von 3 Jahren, welche einem von der Neurologie zu gesunden »eingeräumt« werden. Malik wurde von E. T. in einen wirklich schicken Eigentumsbungalow verlegt (Alles klar, Fr. Dr. Linde?)
Erläuterungen:
Ich befand mich 2 ½ Jahre, in Rehabilitationskrankenhäusern,
Apropos: Fiebig – Du Fotze.
Ich durfte, 9 Monate, in der Albgau Klinik sein.

Der König bekommt sein eigenes Reich. Ein eigenes Reich mit 26 qm Parkettboden. Das Reich hat eine Rampe, ein Geländer und eine Tür. Eine Tür mit einem Schloss.

Maliks Reich

Die Wohnung. Eine barrierefreie Wohnung, ein bisschen Krankengymnastik und eine Behindertenwerkstatt. Das ist der Plan. In einer Behindertenwerkstatt kann ich mir Malik nicht so gut vorstellen.

Liebes Claudettchen, *Hannover, 10. 6. 92*
hier ein bisserl was über mein neues Zuhause, im Martinihof, der langweiligsten Straße von Hangover, aber zum Spazierenrollen 1a. Wie du sicherlich schon weißt (Heike!?), handelt es sich bei der Wohnung um EIGENTUM. Ich habe das dezent hervorgehoben, nicht weil ich plötzlich meine kapitalistische Ader entdeckte, diese war mir seit jeher nicht unbekannt, sondern weil für mich, nicht nur als Behinderter, EIGENTUM nicht unwesentlich ist. Um dir dies zu veranschaulichen, ein Beispiel: Andrea und ich, auf Erkundungstour in MEINER Wohnung. Als ich Andrea fragte, warum sie denn in Tränen ausbreche, schluchzte sie:
»Die armen, armen Türrahmen.«
»MEINE Türrahmen«, erwiderte ich, boshaft grinsend, darauf.
Sind noch einige Worte, über das 26 qm große Wohnzimmer zu verlieren. Erst mal 26 qm, dann eine Wand Glas/Fensterwand, zu MEINEM Gartenhof und schließlich, ein Clou der Wohnung, 26 qm Parkett Boden.
Ich freue mich darauf, dich als Gast in meiner Wohnung im Martinihof empfangen zu dürfen.
horido
alleweil dein (süßer)
Malik

Kiel. Auf der Schauspielschule frage ich mich oft, was alle von mir wollen. Mal ist alles ganz schwierig, kurz darauf bin ich das beste Pferd im Stall. Um mir zu sagen, dass ich aufgenommen bin und ganz toll, hat die Direktorin gesagt: »Komm mal auf meinen Schoß.« Ich überlege, ob sie so pädophilmäßig drauf ist. Ist sie aber nicht, die ist so. Meine Mitschüler heulen andauernd oder sind wahnsinnig glücklich. Ich habe alle paar Tage Post im Briefkasten.

Hi Clöchen, *Sonntag, irgendeiner.*
wie geht's, wie steht's. Ich habe eine neue Nach(t)barin. Martinihof. 13c. Ich habe mich mit den Worten: »Hi, ich heiße Malik und ich bin hier das ruhestörende Element« vorgestellt.
Die junge Dame (26) erschien mir locker genug, sich mit meinen etwaigen Lausch-Attacken arrangieren zu können!
Kein Besuch heute. Nur die Kiddies.
Ich geh mal rüber zur Nachtbarin,
Yours
Malik

Der König lebt in seinem Reich. Er lebt dort laut. Dann kommen die anderen Kinder und sie gehen nicht wieder.

Kiel. Die Zwischenprüfung bestehe ich als Einzige im Jahrgang, ohne irgendwelche Einschränkungen. Die Jury wünscht mir alles Gute für die Zukunft. Es geht jetzt zielstrebig Richtung Abschluss.

Hi Claudette!
Wo bist Du noch gleich? Bei Heike? Und wo is' Heike??? DU BIST MIT SCHREIBEN DRAN!!!! Maintenant, je suis

»beaucoup de pissed«. Thats why I'll stop the martinis torture, and go to bed. »It tortures me to move my hands, to try to move al all«[4]
Das Datum oder Tag, weiß ich leider überhaupt nicht (ob Montag, Freitag oder Sonntag), aber wenn ich beginne Jura zu studieren, werd' ich das noch rausbekommen (GANZ GEWISS)
Bonna Notte
Malik

Nachträglich (dafür umso doller): It was Friday the second of July (Telefondurchsage)!!!

Geld. Da das Geld sonst nicht reicht, arbeite ich nebenbei. Ich jobbe im Büro und ich putze. Die Zeit, die ich frei habe, lerne ich.

Morgen Süße
Kurz nach 10, ich war heute bereits ziemlich AKTIV! KG Krankenscheine bestellt, für Do 'nen Date von wegen BESCHÄFTIGUNG abgeklärt. Mal gucken, what it will be, yours
Malik

Zeit. Ich komm nicht hinterher mit Antworten.

Hi Claudette,
Davenstedt im Sommer – nur cool. Tote Hose, zum Wohnen, aber wenn man etwas Action braucht – Linden is'

---

4 The Cure, Torture, 1987

ja gleich um die Ecke (hin mit dem ASB, da der »nur« bis 23.00/h fährt, besser 10–12 DM extra für Taxi mithaben.)
Die Versicherung reißt sich darum, mir eine Nachzahlung zukommen zu lassen. Im Gespräch sind 190 000. Wäre wirklich absolut locker!
Eingang über die Terrasse. Neu(er)e »Gartenmöbel«. 'Nen Maneken Pis.
Das fiele mir spontan ein, noch 'n bisserl mehr Kunst in der Wohnung und unbedingt 'ne Markise. 100 oder mehr Tausend verrenten lassen. Wäre schon geil und, wie es aussieht, steht dem nichts im Wege. Hat alles Jo klar gemacht. Und das ohne Abi!
Ohne undankbar scheinen zu wollen, »nur« die Hütte wär' doch viel zu wenig. So'ne Versicherung soll halt ent-schädigen und sieh mal die Möglichkeiten zu Geld zu kommen, die ich ohne den Crash gehabt hätte. Nobelpreis und so.
Halt alles senkrecht (?) und tschüss
Malik

Jo gibt seine Vormundschaft an einen rechtlichen Betreuer ab.

Scheiße!
Erst mal überhaupt und zweitens sowieso.

Jo. Ich versuche Jo zu erreichen, aber er geht nicht ran. Bald ist Abschluss. Für die Prüfung muss ich fünf Rollen vorbereiten, ganz. Das heißt, ich muss für alles gewappnet sein: »Sehr schön, danke, aber jetzt hätten wir gern: zweiter Akt, erste Szene, erster Akt, dritte Szene und vierter Akt, zweite Szene.« Mein Kopf dreht sich. Dazu kommt der ganze andere Mist. Fechten macht keinen Spaß. Ich erreiche Jo nicht.

Hi Clo
Ich schrieb Dich nix, weil sich nix Schriebenswertes zutrug. Doch: Jaqueline hat Ente gemacht. Das ist sehr schade für mich, weil ich mich ziemlich in die Dame verknallt hatte. Aber ich war nicht schuldlos an der Ente. Jaqueline war toll doll intelligent, sehr schön (ihr Po ist allerdings für meinen Geschmack (Andrea), viel zu winzig). Dass sie ein Nigger ist, hat mich weder angemacht, noch gestört. Sie ist einfach weggeblieben. Da ich sie betrog, ist es verständlich für mich. Wie lange dauert es, bis Du und Simon heiraten? Die Frage war ernst gemeint.
Bye
Malik
Mein Zivi ist nicht mehr mein Zivi. Scheiß Arschloch Zivi

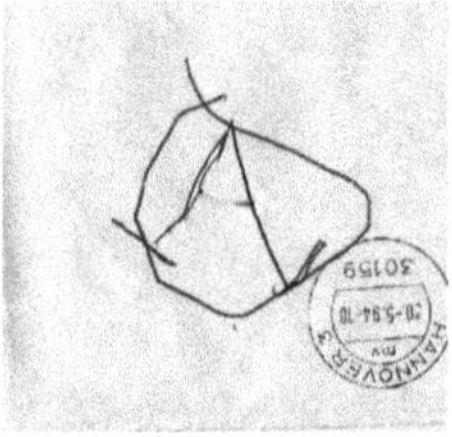

Ich quäle mich grad durch Faust I, als meine Mutter anruft. Irgendwelche Nachbarskinder waren bei Malik. Sie sind über die Mauer auf die Terrasse gekommen und haben die Musik so laut gestellt, dass es sogar Malik zu laut war. Das muss laut gewesen sein. Außerdem wurde er beklaut. Man weiß aber nicht, wer's war. Selbst, wenn man's wüsste. Er kann denen schlecht hinterherlaufen. Ich mach weiter mit Gretchen.

Hi Clo.
Du bist mit Schreiben dran. Nur mal so.
Malik

Ach neige,
Du Schmerzenreiche,
Dein Antlitz gnädig meiner Not![5]

Hi Clo o. Claudette!
wie geht's, wie steht's? Danke bei mir auch. Ich werde wohl bald mit dem Jura- Studium beginnen. Weißt du von Hirnis, die nach deren Crash studierten? Ich mag sehr gerne im Rolli trampen. Ich testete bisher nur Hangover, but I'd really like, to hitchhike in summer '94 through the states. Ägypt was in the beginning also a suspect idea. I mentioned, that english speakin' people, could understand me, with exactly the same problems like the germans.
Ja. ja, ich schließe schon,
Malik
PS: I'm thinking of Üben with Karlsruhe-Jens. Der soll ma kommen.

Diesmal antworte ich sehr schnell. Dafür kurz. »Versuch's mal auf Französisch.«

Petite Conne!
Malik

5 Goethe, Faust I, Zwinger

Riedel. Der Betreuer, Herr Riedel, beschwert sich, weil sich die Nachbarn beschweren. Außerdem soll Malik seine Wohnung besser in Ordnung halten, sagt er.

Irgendwas MUß passieren.
Malik

Riedel. Riedel dreht Malik den Geldhahn zu. Wegen der Kifferei. Malik bekommt jetzt nur noch kleine Beträge wöchentlich ausgezahlt. Helfen tut das nicht. Nicht gegen das Kiffen. Auch sonst nicht.

Malik: Eventuell (sehr wahrscheinlich) Jura Studium. Amtlich attestierter Hirni. Und Tschüss Mala. Scheiße. Erst mal überhaupt und zweitens sowieso. Aber Elan, wenn du so mit mir umgehen willst, leck mich, wenn nicht dann nicht. Habe mitbekommen, dass du meinst psy Probleme zu haben, ha, ha. Tschüss. Finde dich relativ dumm. Weiß echt net, was ich dir halbwegs Interessantes berichten kann. Freunde – habe ich kaum und wenn doch kennst se nicht. Irgendwas muss passieren. Habe dem NDR zwei Briefe geschrieben, eigentlich erwarte ich nun schon Antwort. Mein Rolli ist vorne rechts etwas zu sehr platt. Es klingelt, der Grasjunge ist da. Sehr praktisch. Du warst wirklich etwas unsensibel. Einfach wirklich sehr unsensibel. Du Dumme. Heute Besuch. Die heiligen drei Könige. Mein Eigentum, mein Gartenhof. Wieder der Grasjunge. Markise. Ich brauch ’ne Markise. Scheiß Sonne. Die Kinder klauen wie die Raben. Rabenkinder. Telefondurchsage. 03.27 Uhr. Ist Freitag. Schrieb Dich nix, weil sich nix Schriebenswertes zutrug. Ist ganz schön klein, der Junge. Ich geh mal schlafen. Bringt mir Gras, deswegen Gras.

Elf Jahre, deswegen Junge. Hirnis, die nach deren Crash studierten. Gibt's nicht. Aber ich. Das wird no problem. Im Rolli trampen. Dann Jura Studium. Bisher nur Hangover, like, to hitchhike in summer '94. through the states. Oder Ägypt. Something must happen. Freunde – habe ich kaum. Echt. Passiert nicht viel. Heute KG. Heute keine KG. Gleich schlaf ich mal.

Der König ist ein Kindkönig und sein Reich ist ihm zu groß. Er verläuft sich. Dann ist die Zeit der Könige vorbei. Kein König, kein Kind und auch kein Kätzchen.

Karriere. Ich mache meine Bühnenreifeprüfung. Ich bin jetzt staatlich geprüfte Schauspielerin. Ich habe einen Freund, ein WG-Zimmer, ein Konto, bin Gewerkschaftsmitglied, Mitglied bei der GVL[6] und im Mieterverein, bin im Erstengagement und stelle fest, dass Steuererklärungen keinen Spaß machen.

Malik zerlegt seine Wohnung und wird von Riedel in die Psychiatrie eingewiesen.

Meine Ruh ist hin
Mein Herz ist schwer;
Ich finde sie nimmer
Und nimmermehr[7]

6 Gesellschaft zur Verwertung von Leistungsschutzrechten
7 Goethe, Faust I, Gretchens Stube

Stationen II

Liebe Clo, *Hannover, den 26. Oktober 1996*
Liebe Heike,
Lieber Josh,

in den letzten Jahren habt ihr Malik stetig begleitet. Da ihr eine solch enge Verbundenheit mit ihm empfindet, fühle ich mich verpflichtet, euch von den letzten Ereignissen zu berichten. Auch und obwohl ich weiß, daß ihr mein Verhalten verurteilt.
Auch in der Psychiatrischen Klinik in Ronnenberg gab es bereits jetzt Schwierigkeiten und Ausfälligkeiten von Seiten Maliks. Letzte Woche hat eine große Konferenz stattgefunden. Alle Beteiligten, Stationsleitung, Ärzte und Malik nahmen an dieser Konferenz teil. Auch Herr Riedel, der Betreuer, war dort zugegen und hat mir alle relevanten Informationen übermittelt. Während der ganzen Konferenz hat Malik ein deutlich destruktives Verhalten an den Tag gelegt. Es wurde ihm gesagt, dass wenn er sein Verhalten nicht ändere, *würde eine Verlegung in ein Wohnheim mit Endziel Rückkehr in die eigene Wohnung nicht in Betracht kommen. Die Alternative wäre die dauerhafte stationäre Unterbringung. Es wurde dann mit allen Beteiligten eine Frist von 6 Wochen vereinbart. Wenn Malik sich innerhalb dieser Frist nicht kooperativ zeigen würde, bliebe eben nur die stationäre Unterbringung. Auf dieses Vorgehen habe ich jetzt keinen Einfluss mehr. Auch während der Konferenz soll es zu unschönen Szenen von Maliks Seite gekommen sein, betonte Herr Riedel, unter anderem hätte er gesagt, daß er Barbara und mich fertigmachen würde.*

Ich habe daraufhin mit dem behandelnden Arzt gesprochen. Er hat das Verhalten Maliks während der Konferenz etwas vorsichtiger geschildert und mir empfohlen, mir ein eigenes Bild zu machen.
Letzte Woche nun habe ich Malik besucht. Er verweigerte die zwischen uns übliche Begrüßung und sprach während des gesamten Besuchs kein Wort mit mir. Auch auf Nachfragen reagierte er nicht. Ich fragte ihn dann, ob ich bleiben solle und er verneinte dies. Daraufhin bin ich gegangen und habe mich bei der Stationsleitung abgemeldet. Ich werde Malik in der nächsten Zeit daher nicht besuchen, weil mir das sinnlos erscheint. Ich wollte euch hiervon unterrichten, da ich befürchten muß, daß Malik eine andere Lesart verbreitet.
Ich hoffe sehr, daß Malik in den kommenden Wochen seine Intelligenz nutzt und ein einwandfreies Verhalten an den Tag legt, so wie es von ihm gefordert wird. Obwohl ich dies betreffend Zweifel habe.
Mit den besten Grüßen
euer Johannes

Ronnenberg. Bernd Schäfer-Klaus heißt der Therapeut. Wir sitzen in seinem kleinen, dunklen Sprechzimmer und ich mache mir mal wieder Sorgen um die Möbel. Wenn Malik beim Ausparken zu viel Schwung nimmt, ist der kleine Beistelltisch hin. Ich habe angeboten, mit in die Therapiestunde zu kommen. Ich will helfen. Vielleicht kann ich ja helfen. Helfen, damit ein Dialog entsteht. Jetzt sitze ich Herrn Schäfer-Klaus gegenüber. Der Therapeut ist um die 50, hat kurze graue Haare und trägt eine Zweistärken-Brille. Herr Schäfer-Klaus ist der erste Therapeut, den ich kennenlerne. Ich fühle mich beobachtet, obwohl es nicht um mich geht. Ich überlege, ob Herr Schäfer-Klaus weiß, was ich denke.

Malik schweigt.

Ich erzähle von Malik, von dem, was wir seit dem Unfall erlebt haben, was ich mit Malik erlebt habe. Nur von Dingen, bei denen ich dabei war. Ich erzähle auch von Maliks Vater. Jo ist tolerant, nicht eng oder rechthaberisch, eher großherzig. Der ist überhaupt nicht dogmatisch und jetzt wahrscheinlich überfordert. Malik unterbricht mich nicht.

»Ich glaube, das Prinzip Strafe funktioniert bei Malik nicht.«

»Yjaah.«

»Was hat er gesagt?«, fragt Schäfer-Klaus.

»Ja«, sage ich.

»Yjaah«, sagt Malik.

Schäfer-Klaus schaut uns weiter durch seine Zweistärken-Brille an.

Ich sage: »Na ja, Druck erzeugt Gegendruck, Gewalt erzeugt Gegengewalt, Strafe ist doch auch irgendwie Gewalt, irgendwie so. Wir sind ja zusammen zur Schule gegangen, auch da hat das mit der Strafe nicht funktioniert.«

»Stiammmt«, Malik grinst.

»Was hat er gesagt?«, fragt Schäfer-Klaus.

»Stimmt, hat er gesagt.«

»Ah, stimmt«, murmelt Schäfer-Klaus. Jetzt ist es wieder still.

»So, wir sind jetzt auch langsam durch mit der Zeit …« Schäfer-Klaus schaut fragend zu Malik.

»Maallik«, ruft Malik.

»Was hat er gesagt?«, fragt Schäfer-Klaus.

»Er hat Malik gesagt, weil er Malik heißt.«

»Ja, wir sind jetzt auch langsam durch mit der Zeit, Malik.« Herr Schäfer-Klaus begleitet uns zu Tür. Auf dem kurzen Weg sagt er zu mir: »Schön, dass Sie da waren, aber Sie sehen ja, es ist schwierig.«

Wenigstens ist nichts kaputtgegangen.

Zwei Wochen später wird Malik in eine Pflegeeinrichtung nach Lüdingen verlegt.

Lüdingen. In Lüdingen ist alles gelb und grün. Das soll wahrscheinlich beruhigen. Wobei es hier eh schon sehr ruhig ist. Lüdingen ist irgendwo zwischen Walsrode und Verden. Ich stehe im Eingangsbereich, während ich darauf warte, dass mich jemand zu Maliks Zimmer führt. Auf der Infotafel wird für folgende Aktivitäten geworben: Beschäftigungstherapie mit täglich wechselnden Angeboten, z. B. kreatives Gestalten, Gedächtnistraining und plattdeutscher Klönschnack, Besuch unseres Therapiehundes, hauswirtschaftliche, handwerkliche und gartentherapeutische Aktivitäten, Seniorengymnastik, Sitztanz, Sing- und Spielkreise, Gottesdienst im Haus, Besuch von örtlichen Vereinen, festliche Veranstaltungen zu den Jahreshöhepunkten und als zusätzliches Angebot »organisieren wir und richten Ihnen auch gerne Ihre privaten Feiern aus«.

Das wird bestimmt schön, wenn Malik hier seinen 26. Geburtstag feiert. Killing Joke hörst du immer noch gern, zum Beispiel »Love Like Blood« oder »Extremities, Dirt and Various Repressed Emotions«. Ich habe ein bisschen Angst um den Therapiehund.

Der kleine, dicke Pfleger holt mich ab und bringt mich zu Maliks Zimmer. Er klopft, während er gleichzeitig die Tür aufreißt. Malik dreht sich im Rollstuhl um und lächelt mich schief an. Als Erstes fallen die beiden bandagierten Handgelenke auf.

Du hast das Glas deiner Armbanduhr benutzt. Die Lieblingsarmbanduhr, die sogar den Unfall überlebt hat. Da so ein Uhrenglas kein Skalpell ist, muss das eine ganz schöne Metzelei gewesen sein.

Nachdem ich Malik besucht habe, gehe ich noch mal zum Pfleger und frage, wie das passiert ist. Ich weiß das zwar, weil Jo mich informiert hat. Ich würde aber gern wissen, wie die Leute aus der Einrichtung das mitbekommen haben. Der Pfleger sagt, dass die anderen Bewohner in Unruhe waren, und Unruhe wollen sie hier nicht und es war eine Sauerei und die Putzfrau hat sich auch beschwert.

Wenzem. Malik wird von Lüdingen nach Wenzem verlegt. Ich arbeite ununterbrochen, alle sechs Wochen Premiere. Ich gewöhne mich an den Theaterrhythmus, Proben von 10–14 und von 18–22 Uhr, oft auch länger. Alles ist spannend. Wenn ich nicht spiele, gibt's Konzerte bei uns im Theater. 1996 spielen Queen Bee, die Braut und Stereo Total. 1996 schaffe ich mir mein erstes Handy an. Ich trenne mich von meinem Freund. Ich habe im Sommer nichts vor.

Verehrte Süße Claudette,
Dein Urlaubsangebot macht mich sehr glücklich. Es ist zwar etwas snobistisch für eine Woche nach Portugal zu jetten – aber egal.
Ich lag gestern – Sonntag, ich weiß es! – noch bis kurz vor vier wach. Mit einem Ziel vor Augen ist es sehr einfach den Scheiß hier durchzuhalten. Apropos Süße: Du bist wirklich

eine Klassefrau. Es gibt ein ganz geiles Wohnheim in Hangover-Haus Morgenrot. Das gehört auch zu Wenzem. Weil meine Krankenhaus Akte so schlecht ausfiel, meint Morgenrot bevor sie mich nähmen, müßte ich eine minimale Probezeit von sechs Monaten in Wenzem abreißen. Bis auf die Ausnahme mit dem umgetretenen Medikamentenwagen verhalte ich mich auch wirklich sehr ordentlich.

Ich beschließe, Regeln aufzustellen. Keine Wenn-dann-Regeln. Wenn-dann-Regeln wären zum Beispiel, wenn du mich beschimpfst, gibt es kein Abendbrot, oder wenn du mir mit Absicht über den Fuß fährst, schläfst du auf dem Balkon. Ich glaube, dass Wenn-dann-Regeln eine Neugier hervorrufen. Man möchte doch wissen, wie das »Dann« tatsächlich aussieht. Es gibt also keine Wenn-dann-Regeln, aber immerhin eine Vereinbarung. Ich will keine Katastrophen erleben. Mit Malik in den Urlaub zu fahren, ist keine Garantie für eine erholsame Zeit. Wir müssen beide wissen, worauf wir uns einlassen. Daher die Regeln: kein Sex und kein Alkohol. Kein Sex ist unproblematisch, das will keiner von uns beiden. Kein Alkohol ist schwieriger, aber Malik lässt sich drauf ein. Kein Alkohol ist mir deshalb so wichtig, weil beim Zerlegen vom Martinihof auch Alkohol eine Rolle gespielt hat. Wahrscheinlich Alkohol und andere Drogen. Dass Malik was zum Rauchen mit in den Urlaub nimmt, glaub ich nicht. Erst mal kommt er da im Moment nicht dran, zweitens will er auch in den Urlaub fliegen. Falls sie ihn erwischen, war's das. Das weiß auch Malik. Es bleibt bei kein Alkohol. Ist auch schade für mich, Regeln gelten selbstverständlich für alle Beteiligten.

Verehrtes Claudettchen, *Immer noch Montag.*
Tja, zum Abendbrot habe ich 'ne halbe Scheibe Brot mit Käse, der nicht giftig aussah, gegessen. Jetzt, zehn nach sechs, werde ich bis kurz nach acht Fernsehen und mich ins Bett legen. Schon scheiße – die Langeweile. Könntest du nicht ein bisschen länger mit mir nach Portugal fahren? Wenn nicht – dann nicht. Ich habe meinen Rasierer zurückbekommen. Vor Portugal könntest Du meiner zum Klamotten Shopping abholen, oder eben nicht. Lerne schon mal ein paar Meeresfrüchte-Rezepts.
Morgen werd ich wohl wieder meinen spannenden Alltag niederschreiten. Ich vergaß, im Pub verspeiste ich heute ein holdes Bockwürstchen. Ja, ja schmatz. Mehr Sensationen hab ich heut nicht.
Kuss-Kuss-Kuss, see you.
Malikuss
Ich werde nach unten verlegt. Nicht ausschließlich alte Männer hier. Ich freue mich!°^8!XÄJ°!«§?Gy)(&%

Die Insel

Barrierefreier Urlaub. Ich gehe ins Reisebüro und stelle fest, dass man in Portugal nicht Urlaub mit Behinderten machen kann. Ich bin allein unterwegs und angewiesen auf Rampen oder Fahrstühle, das bedeutet behindertengerecht. Kein einziges Angebot in Portugal. Entweder fliegen Malik, ich und der Rolli selbständig nach Portugal oder wir fliegen woandershin und buchen pauschal. Es geht pauschal und behindertengerecht nach Teneriffa. Zwei Wochen. Punta del Hidalgo ist das Ziel.

Josh bringt Malik zum Flughafen. Am Flughafen will Malik seinen Rolli nicht gegen das Flughafenmodell tauschen. »Neeein.« Ich versteh das zwar, weil er ohne seinen Rolli völlig hilflos ist, aber das kann man nicht ändern. Josh sagt auch, dass man das nicht ändern kann, ist halt so. Außerdem erinnert er Malik an unsere Vereinbarung und sagt ihm, dass er keine Scheiße bauen und dass er nett zu mir sein soll. »Jaaaa.«

»Super, Malik, dann bis in zwei Wochen, grüßt mir Elke, falls ihr sie trefft.« Joshs Mutter Elke lebt inzwischen auf Gomera.

Wir verabschieden uns von Josh und der Rollstuhl kommt gut verpackt in den Flugzeugbauch. Malik sitzt im Flughafenrolli und ich muss nicht mehr schieben, das macht jetzt ein Flughafenmitarbeiter mit einer gelben Weste.

Wir kommen unbeanstandet durch die Sicherheitsschleuse, der Drogenhund hebt nicht mal den Kopf. Ich bin entspannt. Im Wartebereich versucht Malik, Kontakt zu einem Fünfjährigen aufzunehmen. Der Junge beobachtet ihn von Weitem. »Haaay«, sagt Malik. Der Junge dreht sich zu seiner Mutter, schaut aber wieder her. Malik bietet etwas von seinen Keksen an. Der Kleine reagiert nicht. »Haasta la viista«, ruft Malik, jetzt weint das Kind.

Im Flugzeug habe ich den Fensterplatz. Wenn Malik aufs Klo muss, ist das einfacher. Wir haben einen wunderschönen Blick über Hannover, man sieht den Maschsee, die Kiesteiche, dann Felder, Kaliberge und Felder. Weiter geht es Richtung Weser. »Guck mal«, sage ich, »da auf dem Berg, das ist doch die Marienburg, guck doch mal.« Malik wendet den Kopf. »Da, jetzt, gleich ist sie weg. Die Marienburg. Die mit den Welfen. Weißt du nicht mehr?« Malik schaut mich an, als hätte er das Wort Marienburg zum ersten Mal gehört. »Na, wo ich den blöden Käfer, mit dem kaputten Anlasser.« »Jahh«, sagt Malik. Wir schauen wieder aus dem Flugzeugfenster.

Die Stewardess kommt mit dem Wagen vorbei und fragt, was wir möchten.

»Ich nehme eine Apfelschorle.«

»Rooatwein.«

»Ne«, sag ich, »lass es, wir haben eine Vereinbarung.«

»Rooatwein.«

»Nein, entschuldigen Sie, er möchte keinen Rotwein.«

Die Stewardess wartet und schaut uns hilflos an.

»Malik, lass es. Ich hab kein Interesse rauszufinden, wie Alkohol zusammen mit Psychopharmaka wirkt. Ich möchte das nicht.«

»Rooatwein«, ruft Malik und die Stewardess sieht jetzt richtig unglücklich aus.

»Rooatwein!«, ruft Malik noch lauter.

Die Stewardess holt ganz schnell eine Miniflasche Rotwein aus dem Wagen, sie will den Inhalt in einen wackligen Plastikbecher gießen. »Einen Becher braucht er nicht.«

Sie stellt die Flasche kommentarlos auf den kleinen Tisch und schiebt ihren Wagen schnell weiter. Wenn ich die Reise hier abrechen könnte, würde ich es machen, aber aussteigen geht nicht.

Wir kommen um 14.50 Uhr in Teneriffa an und dürfen das Flugzeug als Erste verlassen. Auch hier wird Malik geschoben und ich kann nebenherlaufen. Bei der Gepäckausgabe wechselt Malik zurück in den eigenen Rollstuhl, der heil in Teneriffa angekommen ist. Mit dem Rucksack auf dem Rücken schiebe ich Malik, der seinen Koffer auf den Knien balanciert, raus dem Sicherheitsbereich. Wir werden von einer Frau mit einem TUI-Schild empfangen, die uns weiter zum Bus führt. Sie geht zügig vorneweg. Da ich mit den unterschiedlichen Gepäckstücken und dem Rollstuhl nicht so schnell bin und wir auch noch auf die Toilette müssen, sind wir die Letzten, die am Bus ankommen. Am Bus gibt's zuerst Verwirrung. Der Busfahrer wusste nicht, dass ein Rollstuhl mitkommt. Bis wir im Bus sitzen, dauert es. Die Stufen sind viel zu hoch für Malik. Er kann maximal ein paar Schritte mit Hilfe laufen, Treppen gehen gar nicht. Zusammen mit dem Busfahrer kriegen wir ihn irgendwie rein in den Bus. Wir schieben, tragen und schieben. Drinnen muss noch das Paar, das vorne sitzt, unter Protest seinen Platz räumen. Bevor der Bus endlich abfährt, laufe ich raus, um den Rollstuhl zusammenzuklappen. Der Busfahrer hat keine Ahnung, wie das geht. Ich denke daran, dass ich behindertengerecht gebucht habe.

Wir brauchen zwei Stunden, bis wir in Punta del Hidalgo ankommen. Unser Hotel ist das letzte, das angefahren wird. Das Wetter hier ist grau, aber warm. Alle werden von einer aufmerksamen TUI-Mitarbeiterin empfangen, die sich als Nina vorstellt und uns zum allgemeinen Willkommensdrink im Servicebüro um 19.00 Uhr einlädt. Dann verabschiedet sie sich und wir stehen bzw. sitzen vor dem Hotel. Das Hotel ist ein älteres Hochhaus direkt am Meer. Neun Stockwerke, grauer Beton. Nicht schön, aber egal, wenn man drinnen ist, sieht man's nicht.

Es gibt eine kleine Treppe und daneben eine Rampe zur Eingangstür. Die Rampe ist so steil, dass ein Rollstuhlfahrer dort niemals alleine hochkommt. Wenn er den Rückweg alleine versucht, wird es richtig gefährlich. Das Zimmer im siebten Stock ist ein ganz normales Zimmer mit einem schönen Blick und einem kleinen Balkon und einem noch kleineren Bad. Behindertengerecht ist hier nichts. Malik legt sich sofort aufs Bett. Ich beschließe, zum Willkommensdrink zu gehen.

Das TUI-Servicebüro ist schräg gegenüber vom Hotel. Ein moderner Bungalow. Die Menschen im Foyer vom Büro haben alle Gläser mit einer orangefarbenen Flüssigkeit in der Hand. Auch mir wird sofort ein Glas angeboten, ich wähle alkoholfrei. Ich bin wahrscheinlich die Jüngste hier, außer mir gibt es nur ein Pärchen etwa im gleichen Alter. Die anderen sind alle mindestens dreißig. Nina, die hübsche Reiseleiterin, hält gerade eine Rede. Es geht um wichtige Kleinigkeiten, zum Beispiel wo die Apotheke ist und wo man deutschen Kaffee bekommt, danach stellt sie die angebotenen Ausflüge vor. Ich habe nicht vor, mit einer Gruppe Deutscher im Hawaii-Hemd durch die Altstadt von Santa Cruz zu laufen, also höre ich nicht genau hin. Ich merke, dass ich beobachtet werde. Am Eingang steht ein blonder Typ im weißen Hemd, der dauernd zu mir rüberschaut. Sieht ein bisschen aus wie Sascha Hehn für Arme. Am Ende ihrer Rede stellt die

Reiseleiterin den Typen als Dr. Budow vor, ein Deutscher aus Köln, der sich hier auf Teneriffa niedergelassen hat. Ein Arzt in der Nähe, das find ich gut. Vor allem, wenn ich mit Malik unterwegs bin. Vielleicht kennt er sich mit Psychopharmaka und Alkohol aus. Nachdem die kleine Ansprache vorbei ist, gehe ich sofort zur Reiseleiterin Nina. »Hallo Nina, wir haben uns eben am Bus kurz kennengelernt. Ich bin Claudette Kreutz und ich habe eine behindertengerechte Reise gebucht. Bisher ist hier nix behindertengerecht. Dieses Hotel ist eine Festung für Behinderte, man kommt nicht alleine rein und nicht alleine raus.« Erst versucht sie sich ein bisschen zu rechtfertigen, es gebe einen Fahrstuhl und eben die Rampe. »Das sind bestimmt 20 Prozent Steigung, wer soll das denn schaffen, Tom Cruise vielleicht. Der hat grad 'nen neuen Film gemacht, *Mission Impossible* heißt der. Ist das die Mission-Impossible-Rampe? Wie soll da denn ein Behinderter hochkommen, mit Saugnäpfen?« Nina entschuldigt sich bei mir, sie wirkt jetzt fast sympathisch. Sie versichert, dass sie immer versucht zu helfen, dass sie das weiterleitet und dass ich sie jederzeit ansprechen kann. Beim Rausgehen bin ich nicht mehr ganz so sauer, Nina hat die Rampe ja nicht gebaut.

An der Tür spricht mich Dr. Budow/Sascha Hehn an. Er hat die Unterhaltung mitbekommen und will auch helfen. Alle wollen helfen. Ich bedanke mich und sage, dass ich mich melde, falls etwas ist. Jetzt muss ich zuerst was essen. Dr. Budow empfiehlt mir noch ein Restaurant, die Straße hoch. »Danke, heute schiebe ich keinen Rolli mehr den Berg hoch, wir bleiben im Hotel.« »Vielleicht ein andermal«, sagt Sascha Hehn und zwinkert mir zu.

Beim Essen erzähle ich Malik vom Empfang, von Sascha Hehn und von Nina. Er ist neugierig. Wir überlegen, ob Sascha Hehn ein Verhältnis mit Nina hat, aber dann hätte er mich nicht angebaggert. Malik geht meist sehr früh ins Bett und ist sehr früh wach. An diesem Abend liegen wir beide um halb zehn im Bett und schlafen.

Die nächsten Tage bleibt es grau, aber warm.

Wir versuchen den Strand auf dem befestigten Spazierweg zu erreichen und scheitern. Der Rollstuhl lässt sich auf dem Schotterweg kaum schieben und irgendwann werden die Steine so grob und spitz, dass ich umkehre. Einen Platten an der Steilküste möchte ich nicht riskieren.

Einmal am Tag üben wir Gehen im Außenflur des Hotels. Auf der einen Seite das Geländer, auf der anderen Seite ich. Nach 15 Minuten ist Malik völlig erschöpft. Nach dem dritten Tag weigert er sich, obwohl wir jedes Mal genau einen Schritt weitergekommen sind. Ich finde das einen Erfolg.

Wir besuchen das Restaurant, das Sascha Hehn empfohlen hat. Das Essen ist gut und die Leute sind nett. Leider liegt es wirklich oben an der Straße. Ich bin schweißgebadet, als wir ankommen. Wir teilen uns einen halben Liter Weißwein. Bis jetzt hat Malik das gut vertragen. Ich mag nicht mehr streiten und habe keine Lust auf die Schreierei. Tatsächlich ist es ein ganz entspannter Abend. Kurz bevor wir gehen, kommen Nina und Dr. Budow rein. Die beiden begrüßen uns freundlich. Dr. Budow ist nicht mehr ganz so charmant wie beim Willkommensdrink. Nina lädt dafür sehr herzlich zum Städtetrip nach Santa Cruz ein. Der Rückweg vom Restaurant ist genauso anstrengend, wie der Hinweg, obwohl Malik versucht, mir durch Bremsen zu helfen. Auf dem Weg unterhalten wir uns über den Städtetrip. Malik will hin, ich nicht. Wenn ich an die letzte Busfahrt denke, muss ich das nicht haben, und den Rolli durch Santa Cruz zu schieben, lockt mich auch nicht. Am Ende überredet mich Malik. Schließlich ist es die einzige Chance für ihn, spanische Stadt zu erleben.

Katze. Deine Katze heißt Speedy, obwohl sie nicht schnell läuft. Dafür kratzt sie schnell. Das ist verständlich, weil du nicht lieb zu ihr bist. Du kannst die Katze mit einer Hand so am Boden fixieren, dass sie völlig wehrlos ist. Der Trick ist, die Hand schnell genug wegzuziehen, sonst hast du blutige Arme. Klappt meistens.

Die Insel. Malik schläft und ich gehe noch ein bisschen spazieren. Um neun kann ich noch nicht schlafen, unmöglich. Ich gehe durch die Straßen von Punta del Hidalgo und finde, dass dieser Ort nicht schön ist. Mehr oder weniger moderne Ferienhäuser und mehr oder weniger moderne Hotels. Dies hier ist kein idyllisches kleines Städtchen. Das Meer ist schön, die Felsen sind ganz schön, das war's. Wahrscheinlich ist die Landschaft auch ganz schön, aber da kommen wir mit dem Rolli nicht hin.

Auf dem Rückweg ins Hotel kommt mir Dr. Budow entgegen. »So ein Zufall«, sagt er, »Claudette, was machen Sie denn um diese Zeit so ganz allein auf der Straße?«

»Spazierengehen.«

»Ist das nicht ein bisschen einsam, vielleicht sogar gefährlich?«

Ich schaue mich rechts und links um und finde, so gefährlich sieht's hier nicht aus.

Ich lächle ihn an und frage: »Gibt's hier irgendwas, wovor ich mich fürchten muss?«

Jetzt schaut er ganz sanft und sagt: »Nein, natürlich nicht. Haben Sie etwas dagegen, wenn ich Sie ein Stück begleite?« Ich schüttele den Kopf. »Da vorne ist schon das Hotel, vielen Dank.« Er geht trotzdem die paar Meter neben mir her, als hätte ich Ja gesagt. Wir plaudern. Vor dem Hotel fragt Sascha Hehn: »Vielleicht haben Sie Lust auf ein bisschen Ablenkung, ich wohne direkt da vorne und habe gerade einen hervorragenden Rioja offen?« Ich denke: das ging ja schnell. »Vielen Dank«, sage ich, »das ist ein nettes Angebot, vielleicht wann anders, jetzt falle ich direkt ins Bett.«

»Was halten Sie von morgen Abend?«

»Da machen wir den Ausflug, das wird sicher anstrengend für mich.«

»Na, dann ist ein bisschen Entspannung am Abend doch genau das Richtige, hier ist meine Karte, melden Sie sich einfach.« »Ich überleg's mir«, sage ich und stecke die Karte ein. Vielleicht ist ein bisschen Ablenkung tatsächlich nicht schlecht. Nicht nur Mühe: Schieben, Tragen und Holen. Jemand, der sich um mich bemüht. Dr. Budow verabschiedet sich mit: »Einen schönen Tag und bis morgen.« Ich gehe ins Hotel.

Santa Cruz ist heiß und sonnig. Malik liebt das, ich suche ständig den Schatten. Die Reisegruppe ist freundlich und hilfsbereit. Es gibt Unterstützung bei Treppen und anderen Hürden. Trotzdem bleiben einige Sehenswürdigkeiten für uns unerreichbar. Zum Beispiel der Stadtstrand. Sand ist unüberwindbar mit dem Rolli. Die Stadtführung lässt Malik zwar völlig teilnahmslos über sich ergehen, aber der Ausflug scheint ihm zu gefallen.

Er ist ganz munter, als wir zurückkommen, ich bin total erledigt.

Ich überlege, ob ich Dr. Budow anrufen soll oder nicht. Malik sagt, anrufen. Ich hol die Visitenkarte raus und leg sie wieder weg, ich hol die Karte raus und leg sie weg. »Anrufen«, sagt Malik. »Du willst nur, dass ich als zerstückelte Leiche auf den Felsen ende.« »Nee«, sagt Malik, »weer schieabt mich dann?«

Ich rufe an.

»Ah, Claudette, was für eine Überraschung, wie schön, von Ihnen zu hören. Hatten Sie einen angenehmen Tag? Was halten Sie von einem späten Glas Wein bei mir auf der Terrasse?«

»Was für eine nette Idee, das klingt fein. So gegen neun? Ich habe auch noch eine kleine medizinische Frage.«

»Kleine medizinische Fragen beantworte ich doch gerne, da bin ich jederzeit für Sie da. Ich freue mich.«

Um 21.10 Uhr stehe ich vor der Praxis von Dr. Budow und klingele in seiner Privatwohnung im ersten Stock. In der Tasche habe ich die Beipackzettel von Maliks Medikamenten. Dr. Budow öffnet die Tür in weißer Bundfaltenhose und weißem Hemd, die Ärmel sind locker hochgekrempelt, die oberen drei Knöpfe offen. Das blonde, halblange Haar ist frisch geföhnt. Im CD-Player laufen Tears for Fears.

»Ah, Tears for Fears«, sage ich.

»Advice for the Young at Heart«, sagt Sascha Hehn, »komm doch mit auf die Terrasse, es ist herrlich draußen.« Ich verkneife mir zu sagen, dass ich das weiß, weil ich ja von draußen komme. Die Terrasse ist quadratisch, ungefähr 15 qm groß und hinter den anderen Ferienhäusern sieht man das Meer. Es gibt eine gepolsterte Gartenbank, ein kleines Tischchen mit einer Flasche und zwei Gläsern und ein paar mediterrane Topfpflanzen. Keinen Stuhl, wenn man sich setzen will, muss man auf das Sofadings. Ich setze mich ganz an die linke Seite und stelle mein Täschchen rechts neben mich auf das Polster. Ich höre »*Love is promise, love is a souvenir.*«

»Mach's dir doch bequem, Entschuldigung, ich darf doch du sagen?«

»Kein Problem.«

»Dann lass uns das gleich feiern, ich bin Udo.« Udo reicht mir das Glas, er hakt meinen Arm in seinen Arm, dem obligatorischen Kuss weiche ich aus, indem ich ihn ganz schnell auf die Wange küsse, »Dr. Udo Budow, ein schöner Name, klingt so vertrauensvoll.« »Danke«, er macht eine kurze Pause, »du hattest noch eine Frage, wie kann ich dir denn helfen«, er lächelt, »oder müssen wir runtergehen in die Praxis?« »Ne, nee, müssen wir nicht«, sage ich schnell. Ich fummele die Beipackzettel aus meiner Tasche. »Hier, diese drei Präparate kriegt Malik morgens täglich, laut Beipackzettel könnte alles passieren. Kann man das Zeug nehmen und trotzdem Alkohol trinken? Ich will nicht, dass der mir irgendwie ausrastet.« Udo zögert kurz. »Das kann ich dir so genau nicht, das ist tatsächlich, eine größere Frage, sicherlich, da müsste ich …, das ist nicht, sagen wir, mein Fachgebiet.« Jetzt lächelt er wieder. »Aber schau doch, wie herrlich das Meer glitzert, meine Liebe, lass uns den Abend genießen.« Udo breitet sich auf der Bank aus, sein linker Arm ist jetzt auf der Rückenlehne, die Hand nur wenige Millimeter von meiner Schulter entfernt. »Hast du schon die Insel erkundet? Wir müssen unbedingt eine Spritztour machen, ich kenne die schönsten und geheimnisvollsten

Plätze hier.« Er schaut mich an, sein Gesicht ist sehr nah. »Also«, antworte ich, »erkundet noch nicht so richtig, ich bin ja nicht allein hier.« »Ach, dann wird's aber Zeit, ich habe ein kleines Mercedes Cabriolet, ideal für diesen wunderschönen Ort. Komm, ich zeig dir meine Insel.« Udo schaut mich weiter erwartungsvoll an. Ich finde das eine tolle Idee. »Wir müssen nur gucken, wo wir den Rollstuhl verstauen«, sage ich.

Zurück im Hotel ist Malik noch wach, ich erzähle, wie's gewesen ist, und er sagt: »Du kaaenst ruuhig feahren.« Ich würde gern Cabrio fahren, aber nicht mit Udo und Tears for Fears.

In Punta del Hidalgo kommt selten die Sonne raus. Malik sitzt auf der Hotelterrasse und raucht oder er sitzt auf dem Balkon und raucht. Er will nicht Gehen üben, nicht im Hotelpool baden und Ausflüge will er auch nicht mehr machen. Die Tage bestehen aus beim Duschen helfen, beim Anziehen helfen, frühstücken gehen, mittagessen gehen, Abendessen, ausziehen helfen. Ein kurzer Abendspaziergang, wenn Malik im Bett liegt.

Katze. Inzwischen lebt Speedy auf dem Land. Jo hat sie weggegeben. Speedy verlebt ihre letzten Tage in Scheunen, auf Feldern, in Wäldern. Wahrscheinlich fängt sie ab und zu mal 'ne Maus.

Die einsame Insel. Es passiert nichts, Dr. Budow meldet sich auch nicht mehr, ich treffe ihn auch nicht zufällig. Ich lasse mir von Nina die schönsten Plätze nennen und buche ein Taxi. Wir fahren fünf Stunden über die Insel und sehen die Highlights von Teneriffa. Malik sitzt vorne, damit er besser gucken kann. Der Taxifahrer ist nett, wir sehen schöne Landschaften, hübsche Orte, wir können Pause machen und aussteigen, wo und wie wir wollen. Malik zeigt keine Regung. Für den nächsten Tag buche ich einen Wanderausflug für mich. Ich habe ein schlechtes Gewissen, weil Malik das Hotel ohne mich nicht verlassen kann, aber ich brauche Bewegung. Ein Tag in der Natur mit ganz normalen Menschen und ganz normaler Konversation. Gespräche über das Wetter und die Flora und Fauna von Teneriffa. Es wird der erholsamste Tag des Urlaubs.

Als wir zurückkommen, erwartet mich Malik am Eingang des Hotels. Es war kein Problem für ihn, das Hotel zu verlassen, irgendwer hilft immer. Am Abend sagt er, dass hier alles scheiße ist, er möchte woanders hin, dahin, wo das Wetter besser ist. Ich sage, dass ich diesen Ort nun mal gebucht habe und dass ich für das Wetter nicht verantwortlich bin. Am nächsten Tag sitzen wir in Ninas Büro. Wir können umbuchen. Nina warnt uns vor dem Süden, es gibt mehr Sonne, dafür ist es hässlicher. Trotzdem gibt sie sich viel Mühe und schon am Nachmittag werden wir abgeholt Richtung Süden. Wir sitzen im Bus, als ich Udo in seinem weißen Mercedes Cabrio um die Ecke biegen sehe, den rechten Arm hat er locker um eine Frau auf dem Beifahrersitz gelegt. Wahrscheinlich fährt er Automatik.

Wir kommen bei 33 Grad Sonnenschein in Los Christianos an. Die Ödnis ist heiß. Das Hotel ist sehr groß und sehr neu. So ähnlich stelle ich mir amerikanische Shopping Malls vor. Im riesigen Foyer steht ein Flügel, auf dem ein Pianist Jazzstandards spielt. Niemand hört ihm zu. Auf dem dicken Teppich vor der Rezeption lässt sich der Rollstuhl schwer schieben. Das Zimmer ist etwas kleiner, Balkon zum Hotelpool, kein Meerblick. Im Bad gibt es tatsächlich einen Griff in der Dusche und an der Toilette. Malik rollt sofort wortlos auf den Balkon und steckt sich eine Kippe an. »Wollen wir noch ein bisschen die Gegend erkunden, einmal um den Block vorm Abendessen?« »Nöa.« »Ok, vielleicht morgen, dann haben wir morgen was zu tun. Wollen wir Elke anrufen?« »Okaay.« Später am Abend erreiche ich Elke, sie lädt uns ein. Wir besuchen sie übermorgen auf Gomera. Wir wollen nachmittags kommen, übernachten bei ihr und fahren am nächsten Tag zurück. Das Schiff fährt direkt von hier. Die nächsten zwei Tage verbringt Malik fast ausschließlich im Hotel. Ich mache ein paar Spaziergänge durch den extrem furchtbaren Ort, gönne mir eine Massage bei der Hotelmasseuse und freunde mich ein bisschen mit dem Pianisten an, mit dem ich mich merkwürdig verbunden fühle.

Dann geht's nach Gomera. Auf der Fähre denke ich an meine letzte Schifffahrt mit Malik, ich will ihn ansprechen: »Weißt du noch …«, und lasse es. Er würde »Ja« sagen und sich doch nicht erinnern. Wir kommen in einem richtigen kleinen Hafen an, es ist hübsch, leider steht Elke nicht da, um uns abzuholen. Zum Glück habe ich ja ein Handy. Sie steht am anderen Hafen für Schnellboote. Eine Stunde später kommt sie mit dem Auto angerast. Ich bin froh, einen Tag lang nicht allein verantwortlich zu sein. Elke kennt Malik, seit er vier ist.

»Na, Kleiner?«

»Haay.« Malik grinst.

»Geht's dir gut?«

»Jaa.«

»Und dir, Claudette?«

»Alles klar, geht schon.«

»Ok, hab verstanden. Erst ein bisschen Natur oder direkt zu mir?« »Natur«, sage ich, bevor Malik antworten kann. Wir verstauen den Rollstuhl in ihrem Fiat Uno und es geht los. Diese Insel besteht nur aus einem Berg und sehr vielen Kurven. Während wir uns durch die Landschaft winden, erzählt Elke von der Insel. Ich find's spannend, wir erfahren was über die Landschaft, über die Geschichte und wie sich die Insel die letzten Jahre verändert hat. Ob Malik zuhört, weiß ich nicht. »Früher war das ein Aussteiger-Paradies, dann sind's mehr geworden, inzwischen gibt›s deutlich mehr Touristen als Einwohner, tja, wenn die ersten Kreuzfahrtschiffe anlegen, bin ich weg. So, hier halten wir.«

Wir parken in einem Naturschutzgebiet. Der Weg ist die ersten hundert Meter planiert und man kriegt tatsächlich was von der Landschaft mit, es ist grün hier. »Ist das Lorbeer?« »Ja, aber bevor du den isst, musst du ihn kochen.« Wir bleiben stecken mit dem Rollstuhl und gehen wieder zurück. »So, jetzt geht's zum Strand.« Auf der Fahrt Richtung Süden verändert sich die Landschaft, kein grün mehr, dafür grau und schwarz. Im Kassettenrecorder läuft Patti Smith, aber die Songs kenne ich nicht. Es ist leer am Strand, kaum Menschen, nur schwarzer Sand und Felsen. »Komm, lass uns ans Wasser gehen, wenn wir schon am Strand sind.« Ich habe ein schlechtes Gewissen, Malik am Parkplatz stehen zu lassen. »Ach, das ist in Ordnung, geht halt nicht anders, der hat doch 'n schönen Blick.«

Wir spazieren am Wasser lang, richtig baden ist mir zu kalt. Elke fragt: »Wie war das überhaupt für dich?«

»Was?«

»Na, der Unfall, ich mein, du warst doch dabei.«

Es ist das erste Mal, dass mich jemand das fragt. Ich möchte antworten, kann aber nicht. Es ist als hätte man einen Wasserhahn aufgedreht. Ich nehme die Taschentücher von Elke. Ich weiß, dass ich mich manchmal unglaublich erschrecke, wenn ein Blatt von oben auf die Windschutzscheibe fällt, und dass ich keine Ambitionen habe, einen Führerschein zu machen. »Ich war halt dabei und ich war die Erste, die Malik besucht hat.«

Wir gehen weiter am Strand lang. »Malik hatte immer so eine Todessehnsucht«, sagt Elke. »Mit vier!?« »Irgendwie schon.« Dann gehen wir zurück zum Auto.

Auf dem Weg zu Elke hören wir wieder Patti Smith. Ich frage nach der Platte, es ist »Gone Again«, grad rausgekommen. Abends kochen wir zusammen und sitzen auf ihrem kleinen Balkon mit Blick aufs Meer. Malik gibt auf Elkes Fragen nur die kürzesten Antworten, er geht auch heute früh ins Bett. Am nächsten Tag nehmen wir das Schnellboot zurück nach Teneriffa, das tatsächlich schneller ist. Die Tage bis zum Abflug verbringt Malik ausschließlich im Hotel. Ich schaffe es, ihn einmal am Tag zum Pool zu bringen, mit Hilfe kommt er dort gut ins Wasser. Meistens bleibt er nicht lang. Ich gehe hin und wieder zum Strand, aber es macht mir keinen Spaß, mein Handtuch neben tausend andere Handtücher zu legen und mich durch die planschenden Menschen zu schlängeln. Ich schwimme ein paar hundert Meter und laufe zurück ins Hotel. Wie es Malik geht, weiß ich nicht. Ich mache ein bisschen Smalltalk mit dem armen Pianisten und gönne mir noch eine weitere Massage, um der Stille neben Malik zu entgehen. Einmal habe ich eine unbekannte Nummer auf dem Handy, vielleicht war's Dr. Budow, aber er hat nichts aufgesprochen.

Auf dem Rückflug schläft Malik die meiste Zeit. Wir werden von Josh und meiner Mutter abgeholt. Josh fragt Malik, wie es war. Er sagt »Schööean!« Dann schaut Josh mich an und fragt kein zweites Mal.

Arbeit

Göttingen. Josh bringt Malik ins Pflegeheim, ich fahre nach Hause. Zurück in meine Welt. Eine gute Welt. Letztes Jahr war ich »Schauspielerin des Jahres« in Göttingen.

Bald ist Probenbeginn für »Romeo und Julia«. Die Spielzeiteröffnung mit dem neuen Intendanten. Ich bin neugierig. Nach der Premiere am Donnerstag wird normalerweise Freitag, Samstag gespielt, Sonntag ist frei und Montag ist Probenbeginn für's nächste Stück, mit gelerntem Text, das ist auch in der neuen Spielzeit so. Ab September probe ich zwei unterschiedliche Produktionen gleichzeitig. Eine kleine Produktion, ein Late Night, Vorstellungsbeginn um 22.00 Uhr und ein Tanztheaterstück. Die Tage sind ausgefüllt, die Nächte auch. Nach Monaten fällt mir auf, dass ich keine Post mehr von Malik bekomme. Ich überlege, ob ich ihn besuche, aber ich weiß nicht, wann. Ich weiß nicht, ob ich will. Es sind jetzt noch Matineen am Sonntagvormittag angesetzt. Freie Tage sind also noch seltener. Wenzem ist nicht weit von Göttingen, aber ohne Auto bin ich lange unterwegs. Ich fahre nicht. Josh besucht mich mit Malik.

Sie wollen kommen und sich die Vorstellung anschauen. Nach der Vorstellung können sie meine Kollegen kennenlernen und spätabends fahren sie wieder zurück. Das ist eine schöne Idee. Mir ist nicht ganz wohl dabei. Malik ist unberechenbar. Es könnte auch passieren, dass er während der Vorstellung rumschreit. Was ist, wenn ich als Julia auf der Bühne stehe und ich höre aus dem Publikum: »Haay Cloah, daaein Buasen ist ja iamer noach soa klaaein.« Sogar ganz normalen Theaterbesuchern ist oft nicht klar, dass wir sie auf der Bühne hören. Ich erzähle meinen Kollegen von meinem Besuch, besorge Karten und ich sage beim Einlass

Bescheid, dass ein Rollstuhlfahrer kommt. Die Vorstellung läuft ohne Zwischenfälle. Ich kriege ein paar Bravos, das ist ganz schön. Nach der Vorstellung schminke ich mich schnell ab und suche Malik und Josh in der Theaterkneipe. Sie sitzen draußen. Für Ende Oktober ist es sehr warm. Wir umarmen uns, Josh wirkt ein bisschen befangen. Das ist meistens so, wenn Leute einen das erste Mal auf der Bühne sehen. Die Bühne ist eine andere Realität, als würde jemand aus dem Fernseher steigen. Man weiß, dass da ein Mensch steht, den man kennt, aber es ist anders. Ein Theaterstück eben, eine Geschichte, der man folgt.

Malik sagt: »Haay.«

»Hat's euch gefallen?«

»Ja, die haben ›Bravo‹ gerufen«, sagt Josh.

»Machen sie manchmal, freut einen, aber du hast nicht ›Bravo‹ gerufen, dich hätte ich rausgehört«, sage ich zu Malik. »Hat es dir denn gefallen?«

»Okaaay.«

»Hm, okay, ist doch okay.«

Meine Kollegen kommen nach und nach dazu, sie sind wahnsinnig nett, echt nett. Sie fragen nach und wenn sie Malik ansprechen, sprechen sie ihn wie einen erwachsenen, gleichwertigen Menschen an. Ob Malik irgendwas von der Vorstellung mitbekommen hat, weiß ich nicht. Ich bin mir nicht mal sicher, dass er gemerkt hat, dass ich das war, da oben auf der Bühne. Als ich mich von Josh verabschiede, sind wir beide traurig. Malik sagt »Haaay« zum Abschied.

»Das Syndrom der *neuropsychologischen Dauerschädigung* nach Substanzschädigung des Gehirns ist durch folgende Erscheinungen charakterisiert:

- Erschwerte Umstellung und *Schwierigkeiten der Bewältigung von komplexen Situationen*, die zur generellen Leistungseinbuße und geringeren Belastbarkeit führen.
- *Verhaltensänderung*, die sich im Extremfall als Stumpfheit, Antriebsarmut, affektive Nivellierung, Entdifferenzierung der Persönlichkeit mit Verlust individueller Züge und Feinheiten äußert. Dabei sind die Betroffenen oft reizbar. Expansive (maniforme) Zustände sind seltener. Es ist allerdings sehr schwer, hier psychoreaktive Verhaltensweisen von organisch bedingten zu differenzieren.
- Meist lässt sich auch ein *Nachlassen der kognitiven Leistungen* feststellen (…).«[8]

8 Zit. nach: Klaus Poeck/Werner Hacke: Neurologie. 10. Aufl. Berlin/Heidelberg: Springer, 1998

Exit

Hamburg. Da mir die Arbeit des neuen Intendanten inhaltlich nicht gefällt, kündige ich. Ich kündige und denke, die Welt wartet auf mich. Wenn sie mich in Göttingen gut finden, warum soll es woanders anders sein. Es ist anders. Ich schreibe eine Bewerbung nach der anderen und werde selten eingeladen. Im Sommer 97 suche ich mir ein WG-Zimmer in Hamburg. Ich hangele mich von Gastvertrag zu Gastvertrag. Weiter als drei Monate im Voraus kann ich nicht planen. Ich schreibe Bewerbungen und bin ständig auf dem Sprung. Wenn es eine Anfrage aus Süddeutschland gibt, fahre ich morgen nach Süddeutschland. Meine Antwort ist: »Natürlich, das ist gar kein Problem, das krieg ich hin, um wie viel Uhr noch mal, ich werde da sein, selbstverständlich, ich bin vorbereitet …« Im Dezember 97 spiele ich Weihnachtsmärchen, oft drei Vorstellungen am Tag, daneben besteht mein Leben aus: »Ich könnte noch, ich muss noch, natürlich sofort.«

Im Dezember 97 kriege ich einen Anruf aus Hannover. Es geht um Malik.

Er hat sich ein Taxi bestellt. Mit dem Taxi ist er zu einer Autobahnbrücke gefahren. Dann hat er das Taxi wieder weggeschickt. Dann hat er es mit seinem Rollstuhl über die Brüstung geschafft. Dann ist er gesprungen. Zusammen mit dem Rollstuhl. Jetzt liegt er im Krankenhaus, er lebt. Zum Glück lebt auch der Autofahrer, der ihn überfahren hat und keine Chance hatte. Der Fahrer ist 31 Jahre alt und hat zwei Kinder. Der Alltag steht still. Die Gedanken sind weg, wenn auch nur kurz.

Ich hole den kleinen Fahrplanflyer Hannover–Hamburg und den Flyer Lübeck–Hamburg raus. Morgen kann ich nach Hannover fahren. Es geht nach der 11.00-Uhr-Vorstellung in Lübeck, am folgenden Tag muss ich zur 9.00-Uhr-Vorstellung zurück sein.

Um 15.57 Uhr komme ich in Hannover an, um 16.30 Uhr stehe ich bei Malik am Bett.

»Arschloch.« Maliks Augen sind geöffnet, er schaut an die Decke, ich weiß nicht, ob er sprechen kann. Sein Körper ist mit Kanülen und Sensoren verkabelt, der linke Fuß hängt in einem komplizierten technischen Gerät. Er hat ein Einzelzimmer. Ich ziehe mir einen Stuhl ans Bett und rede.

»Warum so? Wenn du nicht mehr leben, ich versteh das, verstehen ist falsch, vielleicht nachvoll, nachvollziehen ist auch falsch. Ich stell mich hier nicht hin und sag› ›wird schon wieder‹. Deine Entscheidung. Die ich sehr traurig. Deine Entscheidung. Das macht mich. Traurig. Weil. Das ist schrecklich. Aber ich akzeptiere. Kein Recht zu verurteilen. Dein Leben. Warum so? Der hat dir doch nichts getan, der Mann im Auto, das hätte noch viel schlimmer kommen können. Das ist ja noch halbwegs glimpflich. Da hätten Menschen sterben können, andere. Die haben dir alle überhaupt nichts getan. Und sogar, selbst wenn, ich mein, wenn die dir was getan hätten, was sie nicht haben, das macht es doch nicht besser. Das ist doch 'ne Einbahnstraße. Das macht nichts besser. Es haben dir Menschen was getan, ok, aber die Leute, die da unten auf der Autobahn fahren, die nicht. Die fahren da einfach. Die fahren da einfach lang. Aus Rache? Warum?« Ich höre auf zu sprechen, ich weiß nicht mehr, was ich sagen soll. Malik wendet seinen Kopf zu mir, er schaut mich an, aber ich kann seinen Blick nicht lesen. Ich nehme seine Hand. Es ist still, ich höre nur das Gerätepiepsen. »Brauchst du irgendwas? Gibt's irgendwas, was ich für dich tun kann?« Malik wendet seinen Kopf in die Richtung der Geräte. »Nee, das mach ich nicht und selbst wenn, hier wäre sofort Alarm und ich weiß auch nicht, wie.« Jetzt drückt er meine Hand und ich wundere mich, wie man so viel Kraft haben kann, wenn man halbtot im Krankenhaus liegt. Ich verabschiede mich und verlasse das Krankenhaus, ich gehe zur U-Bahn, fahre zum Hauptbahnhof und setze mich in den Zug. Um 20.50 Uhr bin ich in Hamburg, um 21.15 Uhr steige ich Reeperbahn aus, um 21.30 Uhr bin ich in meiner WG, in der Wohlwillstraße. Am nächsten Tag stehe ich um 5.40 Uhr auf, damit ich um acht in Lübeck bin. Um neun stehe ich auf der Bühne und singe »Eine Insel mit zwei Bergen«.

Auf dem Rückweg höre ich zur Entspannung Sleater-Kinney. Die Ohren verstopft, den Blick auf die trübe Dezemberlandschaft zwischen Lübeck und Hamburg. »Dig Me Out« ist mir noch im Kopf, als ich zu Hause ankomme.

In den Gelben Seiten ist unter Sterbehilfe nichts zu finden, also rufe ich die Auskunft an.

»Guten Tag, ich hätte gern die Nummer der Sterbehilfe Hamburg.«

»Was woll'n se?«, fragt die Frau von der Auskunft.

»Na ja, die Nummer von der Sterbehilfe hier in Hamburg.«

»Die Erbenhilfe?«

Ich spreche nicht undeutlich, ich bin Schauspielerin: »Die S-t-e-r-b-e-h-i-l-f-e.«

»Hm, so was ham wa hier nich.«

»Vielleicht habe ich mich auch vertan und die sitzen nicht in Hamburg, ich weiß nicht so genau, wo.«

»Ich guck ma.«

»Danke, das ist nett.«

»Also in Hamburch gibt's das nich, ich guck ma weiter.«

»Danke.«

»In Lüneburch nich, in Lübeck nich, in Kiiel auch nich, im Norden gibt's keine Sterbehilfe, ich guck ma weiter in Süden.«

»Danke.«

»In Berlin nich, in Hannover nich, in Frankfurt nich. Warum wollen Se denn sterben?«

»Ist nicht für mich, ist für 'nen Freund.«

»Ach so, verstehe.«

»Hm.«

»In München auch nich, ich guck ma weiter.«

»Ja danke, das ist sehr freundlich.«

»Da nich für. Is ja hier die Auskunft. Ich guck weiter. In 'ner Schweiz gibt's das. Is nich um die Ecke von Hamburch, aber besser als nix. Exit heißen die, na, das is auch 'n lustiger Name, Ausgang. Ich find 'n Eingang besser. Die Nummer ist 004144 343 38 38. Ham se das?«

»Hab ich.«

»Schönen Tach noch und pass auf dich auf, Mädchen.«

»Pass ich. Danke.«

Bevor ich bei Exit anrufe, übe ich das. Davor trinke ich Bier mit meiner Mitbewohnerin und streichele die WG-Katze. Wir hören den Soundtrack von »Trainspotting« in Endlosschleife. Du hättest diesen Film geliebt. Aber du schaust keine Filme mehr.

Ich übe: »Guten Tag, mein Name ist Claudette Krtz, also Kreutz, und ich hätte gern Informationen übers Sterben, nein, betreffend der Sterbehilfe, wie man jemanden beim Sterben hilft, also ich möchte wissen, ob Sie mir sagen können, wie das geht, ob Sie mir, also nein, meinem Freund, ob Sie dem helfen können, beim Sterben also eben.«

Meine Mitbewohnerin unterbricht mich zwischendurch und verbessert, sie sagt, ich sage das zu kompliziert. Ich fang noch mal von vorne an, dann ist mir das zu blöd und ich wähle 004144 343 38 38.

»Grüazi, Exiit hierr, Beerli am Apparat, womiit kann ich ihnen chelfen?«

»Tach, mein Name ist Claudette Kreutz und ich hätte gern Informationen …«

Die Frau auf der anderen Seite unterbricht mich: »Wohin sollen wir die Iinformationen schiicken?«

»Wohlwillstraße 20, 20359 Hamburg, West äh, Deutschland.«

»Die Iinformationen gehen heeute noch raus, Frau Kreutz.«

»Danke.«

»Ade.«

Und da hat sie auch schon aufgelegt. Die sind schnell, die Schweizer.

Drei Tage später ist Post da. Eine Broschüre und ein kleiner Flyer. Ich sitze am Küchentisch, meine Mitbewohnerin beobachtet mich kritisch, während sie sich einen Kaffee kocht und dann gleich noch einen. Ich lese sorgfältig. Wenn man Mitglied ist und sterbewillig, kostet es nichts. Man muss nur in die Schweiz kommen. Da wird man von Sterbehelfern betreut und das Ganze findet in extra angemieteten Wohnungen statt und ist vollkommen schmerzfrei. Da niemand berichten kann, der das Prozedere hinter sich hat, bin ich bei schmerzfrei skeptisch.

Schmerzfreier als von einem Auto überfahren zu werden, ist es wahrscheinlich. Voraussetzung ist, dass man nicht in psychiatrischer Behandlung ist oder war. Malik hat die psychiatrische Behandlung nie richtig angenommen, wird er auch jetzt nicht tun, aber er nimmt ständig Psychopharmaka. Das ist ja auch irgendwie eine Behandlung. Es ist noch die Rede von Mündigkeit. Jemand der einen Vormund hat und keine Geschäfte abschließen darf, ist wahrscheinlich nicht mündig. Von einer unzumutbaren Behinderung steht auch was da. Was ist unzumutbar? Ich packe die Unterlagen in meine Schultertasche und beschließe, einen Spaziergang zu machen. Das hilft beim Denken. Ich hab Knarf Rellöm im Ohr und geh die Wohlwillstraße Richtung Bar Centrale und dann weiter die Clemens-Schultz runter am Café Miller vorbei, langweilige Kneipe, geh ich nie hin, hat Knarf Rellöm ganz recht. Auf dem Heiligengeistfeld werden die letzten Reste vom Winterdom abgebaut. Ich geh zum Eingang von Planten und Blomen. Bis jetzt bin ich nicht weitergekommen mit Denken. Mit Knarf Rellöm konnte Malik nichts anfangen, auch mit der Braut nicht. Ich weiß nicht, mit was er was anfangen kann, ob ihn überhaupt irgendwas interessiert. Nachvollziehbar, wenn es keine Perspektive gibt. Im Park ist es schon ziemlich dunkel, es ist leer, nur ein paar Menschen mit Hunden und einzelne Jogger. Ich setze mich auf eine Bank, ganz an die Kante, es ist kalt. Ich gucke aufs Wasser. Auf dem Wasser ist eine dünne Eisschicht. Drei Enten kommen auf mich zu, aber ich hab nichts zu essen dabei. Ich entschuldige mich bei den Enten, stehe auf und gehe zurück zum Heiligengeistfeld, einmal quer rüber zur Budapester. Auf dem Heiligengeistfeld zieht es. Mein Mantel ist zu dünn für das Wetter. Ich überlege, wie ich helfen kann und mir fällt nichts ein. Mit Exit wird das nichts und ohne erst recht nicht. Ich wünschte dir so, dass du endlich sterben kannst. Aber ich werde das nicht tun, ich bin dir das nicht schuldig. Alles was ich sonst tun kann, ist so banal, dass es zynisch ist. Blumen schenken, Musik brennen, die du sowieso nicht hörst, Essen mitbringen. Ich kann ab und zu vorbeikommen, das war's. Am Pferdemarkt hat das Kurhaus bereits offen und ich bestelle einen Averna auf Eis, obwohl es dafür noch zu früh ist.

Tod. Sterben, endlich weg sein. Bin ich dir das schuldig? Warum. Zahlst du jetzt deine Schuld zurück. Für was, an wen, an mich, was bringt das. Lebenslänglich, welches Gericht hat das bestimmt. Von mir würdest du Bewährung kriegen, wegen verminderter Schuldfähigkeit, nein, vielleicht zehn Jahre Zwangsarbeit, dann wären wir quitt. Nach zehn Jahren Steine hauen im russischen Bergwerk könnte ich sagen, weißt du Schatz, wenn man nur Leid verbreitet, kann die Rechnung bitter sein. Aber es gibt keine Rechnung.

Am nächsten Tag rufe ich Herrn Riedel an. Seine Bürozeiten sind Mo, Mi, Do von 9.00 bis 12.00 Uhr. Das heißt, ich rufe zwischen zwei Vorstellungen aus der Garderobe an. Meine Kollegin und die Garderobiere sind in der Kantine, ich bin allein im Raum, immerhin.

»Riedel.«

»Hallo, mein Name ist Claudette Kreutz, wir sind uns bis jetzt nicht begegnet, ich bin die Exfreundin von Malik.«

»Guten Tag, ja die Clo, ich hab von Ihnen gehört.«

»Na, hoffentlich nur Gutes, hm. Also ich rufe an, weil, ich war bei Malik im Krankenhaus und das ist ja alles ziemlich schrecklich. Ich hab jetzt gar nicht so ein Anliegen, also ’ne direkte Frage. Ich dachte, ich meld’ mich eben mal. Ich kenne Malik schon ziemlich lange. Und, nachdem ich da war, jetzt, dachte ich, wie geht’s denn weiter, so kann’s doch nicht weitergehen. Deswegen ruf ich an, weil ich dachte, es wär ganz gut, wenn wir mal sprechen.«

»Ja, Frau Kreutz, schön, dass Sie sich melden. Wie geht’s jetzt weiter. Tja, das ist im Grunde genommen ganz klar, Malik muss wieder gesund werden und dann kommt er zurück nach Wenzem. Was anderes seh’ ich da nicht.«

»Ja, aber –«

»Wissen Sie Frau Kreutz, Malik muss sich eben fügen, das wird er schon noch verstehen.«

»Fügen.« Aus der Mithöranlage kommt: »Achtung, noch 30 Minuten bis zur Vorstellung, noch 30 Minuten.« »Sorry, die Mithöranlage kann ich zwar leise stellen, aber den Inspizienten nicht. Ich bin in der Garderobe.«

»Ach ja, die Schauspielerin, davon hab ich gehört, dass Sie Schauspielerin sind. Das ist doch wirklich wahnsinnig interessant. Das wollt ich auch mal werden, ich glaub, ich war ganz begabt.« Herr Riedel lacht.

Diesen Satz habe ich schon sehr oft gehört. Man wundert sich, wer nicht alles Schauspieler werden wollte, meistens denkt man, danke, dass du’s nicht geworden bist. Ich ignoriere diesen frühen Berufswunsch und lenke das Gespräch zurück auf Malik.

»Es passiert also nichts weiter. Es geht alles weiter seinen Gang. Bis zum nächsten Selbstmordversuch?«

»Ja, das is ja wirklich ’n Ding gewesen, wie der darüber gekommen ist mit dem Rolli, über die Brüstung mit dem Rolli, dass ha’m wir uns auch alle gefragt, wirklich ’n Ding. Und glauben Sie mir, das werd ich noch klären, wie der da ohne Weiteres los mit dem Taxi, das war unverantwortlich, das geht doch nicht, dass da ein Bewohner allein mit dem Taxi, was ist denn da los in der Einrichtung. Passen die überhaupt nicht auf. Aber da kümmer' ich mich drum, da können Sie sich auf mich verlassen, das passiert kein zweites Mal.«

Ich entschuldige mich höflich, weil die Vorstellung gleich anfängt, und bedanke mich für das nette Gespräch. Die Vorstellung fängt erst in 20 Minuten an und im ersten Bild bin ich nicht drin, aber das weiß ja Herr Riedel nicht.

Ich gucke auf den trostlosen Innenhof vom Theater und überlege, wie Herr Riedel wohl aussieht. Wahrscheinlich nichtssagend, nicht hässlich, aber kein Typ, nach dem man sich umdreht. So ein Maik Schulz, der jetzt erwachsen ist und endlich was zu sagen hat. Irgendwann hat er auch ein Mädchen abgekriegt, aber keins von den guten. Die guten Mädchen gehen zu coolen Typen, nicht zu Herrn Riedel. Dafür hat Herr Riedel jetzt was zu sagen. Und wenn's nur zu 'nem psychisch kranken Behinderten ist. Herr Riedel weiß, wo's langgeht. Wahrscheinlich ist er klein. Klein und dick, so ein Kugelbauch. Ein Bauch, bei dem man denkt, deinen Pimmel hast du wahrscheinlich die letzten fünf Jahre nicht gesehen. Vielleicht Minipli. Der Inspizient reißt mich aus meinen Gedanken: »Frau Kreutz bitte, Frau Kreutz bitte auf Position.« Ich nehme mir den chinesischen Umhang und gehe zur Seitenbühne rechts.

Es ist dunkel, als ich das Theater nach der dritten Vorstellung verlasse. Obwohl es gerade anfängt zu regnen, gehe ich zu Fuß zum Bahnhof. Der Regen ist nicht stark und ich brauche Luft. Der Zug nach Hamburg geht in einer Viertelstunde, wenn ich mich beeile, schaffe ich das. Ich kriege den Zug und bin um acht zu Hause in der Wohlwillstraße. Es ist Post da. Staatsschauspiel Hannover. Sie wollen mich zum Vorsprechen einladen. Endlich bewegt sich was. Endlich bewegt sich was in die richtige Richtung. Zurück nach Hannover zu gehen, begeistert mich zwar nicht. Aber egal, wenn man fest engagiert ist, sieht man sowieso nichts von der Stadt. Der Termin ist im Januar, kurz bevor ich mit dem nächsten Stück anfange. Das passt. Ich muss meine Vorsprechrollen angucken, vielleicht kann ich in Lübeck auf die Probebühne, das muss ich organisieren, wen frage ich, um auf die Rollen zu gucken? Vielleicht einen von den Kollegen in Lübeck, nein, eher nicht, lieber jemand hier in Hamburg. Morgen muss ich den Termin bestätigen. Ich habe was zu tun. Das Telefon klingelt und meine Mutter ist dran, sie fragt nach Weihnachten. Weihnachten interessiert mich grad nicht.

»Sorry, Mama, das klappt dieses Jahr nicht. Es ist wirklich viel und ich hab hier den Weihnachts-Overkill, ich bin froh, wenn das durch ist.« »Ach Clo, wir machen es ganz wenig weihnachtlich, wie immer. Nur ein bisschen. Ich hol dich vom Bahnhof ab, wir gehen einmal über'n Weihnachtsmarkt nach Hause und essen was Leckeres, das war's. Mach dir mal keine Sorgen, das wird schön.« Ich atme durch. »Ich mach mir keine Sorgen und ich kann keinen Weihnachtsmarkt mehr sehen, weil ich da sämtliche Probenpausen in Lübeck verbracht hab, ich will auch keine Tannenzweige mehr sehen und ich bin froh, wenn aus mir im Januar keine Kinderhasserin geworden ist, weil wir uns unter den Kollegen nur mit Kinderhasserwitzen am Leben erhalten. Es gibt andere Sachen, um die ich mich kümmern muss. Außerdem spiel ich am 23. um 17.00 Uhr und am 25. um 11.00 Uhr. Wie soll das gehen?«

Meine Mutter sagt, dass sie das versteht und dass Weihnachten ja auch nicht so wichtig ist. Ihre Stimme zittert dabei.

Am 24. fahre ich um 10.00 Uhr nach Hannover und steige am 25. um 7.00 Uhr wieder in den Zug, um von Hannover direkt nach Lübeck zu fahren.

Weihnachten zu Hause ist, wie Weihnachten zu Hause ist. Wie immer kaufen wir den Weihnachtsbaum, kurz bevor der Weihnachtsbaumstand schließt, und wie immer, erst nachdem meine Mutter dreimal gesagt hat: »Also wenn ihr unbedingt einen Weihnachtsbaum haben wollt, können wir noch losgehen.« Dann sagen der Freund meiner Mutter und ich, wie immer, dass wir das nicht unbedingt wollen und wenn der Händler gerade schließt und am Zusammenräumen ist, sagt meine Mutter: »Ach, ich seh' doch, dass ihr wollt«, und geht los. Nach dem Schmücken gibt's Geschenke nach dem immer gleichen Ritual. Ich bin froh, dass ich noch Geschenke gefunden habe. Dann gibt es sehr viel zu essen und wir trinken, wie immer, zu viel Alkohol. Nach dem Essen erzählt meine Mutter von ihren Krankenbesuchen bei Malik. »Der Fuß ist das Schlimmste. Die Ärzte versuchen, den wieder hinzukriegen und geben sich richtig Mühe, die Hand geht schon besser und das Becken auch. Die sind da sehr nett in dem Krankenhaus, sehr nett.« Es ist rührend von ihr, ihn zu besuchen, er kriegt sonst nicht viel Besuch. Aber ich weiß nicht, warum sie das macht. Und ich will es nicht hören, will diese Informationen nicht haben. Weil ich nichts ändern kann. Ich muss mich um meine eigenen Sachen kümmern, was helfen diese Informationen? Es hilft Malik nicht und mir auch nicht. Es geht um ein Leben, das sich Richtung Abgrund bewegt und ich kann es nicht aufhalten. Das denke ich, während ich ihr beim Reden zuschaue. Später fragt sie mich so lange aus, bis ich ihr vom Vorsprechen erzähle: »Ach, das wär ja schön, wenn du wieder hier wärst.«

Nach der Vorstellung am ersten Weihnachtstag bin ich froh, in meinem WG Zimmer zu sein. Meine Mitbewohnerin verhält sich zwar seltsam, keine Ahnung, was da los ist, aber es ist mir egal. Ich liege auf dem Bett und höre Tricky, »Hell Is Round the Corner«. Die Stimmung hebt das nicht.

Ich versuche, den Text fürs nächste Stück in meinen Kopf zu kriegen, und habe Stress mit meiner Mitbewohnerin. Andauernd stimmt was nicht. Ich wasche Töpfe falsch ab, wische den Tisch falsch ab und meine Kontaktlinsenflüssigkeit ist schuld, dass der Badezimmerschrank kaputt ist. »Das Zeug frisst sich in die Oberfläche.« Ich versuche, alles richtig zu machen und es wird schlimmer. Jetzt bin ich schuld, dass sich das Telefonkabel verkringelt, weil ich das Telefon falsch trage. »Hanna, das verkringelt sich irgendwann, das ist normal, das machen alle Telefonkabel.« »Das ist nicht normal. Bevor du hier gewohnt hast, ist das nicht passiert.« Ich fange an, nach anderen WG-Zimmern zu suchen, sage ihr das, aber es entspannt sich gar nichts. Am Morgen meines Vorsprechens in Hannover finde ich eine offizielle Kündigung auf meiner Türschwelle. Gedruckt, mit Datum und Unterschrift.

Das Vorsprechen läuft scheiße. Abends bin ich zurück aus Hannover und versuche, mit ihr zu reden. »Da gibt's nichts zu reden, jetzt ist ja alles klar«, sagt sie.

Ich hol mir ein Glas Wein und mache Musik an. »Sour Times«. Ich setze mich auf die Fensterbank, höre

Portishead und schaue auf die dunkle Wohlwillstraße. Es klopft und meine Mitbewohnerin steht da mit dem Telefon in der Hand. »Du hast wahrscheinlich das Klingeln nicht gehört«, sagt sie. Die Schnur ist so lang, dass ich das Telefon mit zur Fensterbank nehmen kann. Ich mache die Musik leiser und höre meine Mutter. Irgendwas ist. Ihre Stimme klingt fast sachlich.

»Ich hab Malik besucht.«

»Und?«

»Er ist raus aus der Klinik und wieder in Wenzem.«

»Ja und, hoffentlich kriegt er da jetzt Physiotherapie wegen dem Fuß.«

»Er war festgebunden, also fixiert oder wie das heißt, schon seit drei Tagen und«, sie schluckt, »bepisst.«

Eigentlich wäre mal ein Tag schön, an dem keine Katastrophe passiert.

Who am I, what and why?
'Cause all I have left is my memories of yesterday
Oh these sour times

'Cause nobody loves me
It's true
Not like you do

Am nächsten Tag ist Mittwoch. Ich rufe zum zweiten Mal Herrn Riedel an.

»Riedel.«

»Guten Morgen, hier ist Claudette Kreutz.«

»Guten Tag.«

»Ich rufe an, weil ich gestern mit meiner Mutter gesprochen habe, sie war bei Malik.«

»Ja?«

»Sie hat mir erzählt, dass er fixiert war.«

»Ja, das musste dann wohl so sein.«

»Und warum? Klar, damals auf der Intensivstation, da versteh ich das, er lag im Koma und hätte sich sonst alle Kanülen rausgezogen aber jetzt, warum? Warum muss das sein?«

»Ja, das kann ich Ihnen so nicht sagen, aber das Pflegepersonal wird schon einen Grund gehabt haben, das können Sie mir glauben. Und das war nur eine 5-Punkt-Fixierung, das ist nicht so schlimm. Bei ’ner 9-Punkt-Fixierung, also das, das ist wirklich ’ne Sache.«

»Aha, das ist nicht so schlimm.«

»Na, schön ist das nicht. Wenn’s da juckt am Kopf, na da juckt’s da halt. Da können Sie nichts bewegen, da geht überhaupt nichts, nicht die Bohne.«

»Sie wissen das also und finden das ok?«

»Das spielt hier ja gar keine Rolle, wie ich das finde. Das ist ja gar nicht meine Aufgabe.«

»Was ist denn Ihre Aufgabe?«

»Ich kümmere mich um das Rechtliche, um alle Belange meiner Klienten.«

»Gehört zu den Belangen nicht, dass es denen gut geht?«

»Was hier gut ist, das ist für den Laien nicht durchweg einsehbar.«

»Er war eingenässt.«

»Eingenässt? Ja, das machen die, meist aus Protest. Ich habe ihm ein Angebot gemacht. Er kann ja die Situation ändern, er muss nur wollen.«

»Warten Sie noch darauf, dass Malik sich fügt. Das wird er nicht tun. Er ist von einer Autobahnbrücke gesprungen, das ist seine Antwort. Ich glaube nicht, dass er aus Protest von der Brücke gesprungen ist. Von dem Protest hat er nichts. Malik ist nicht doof. Wissen Sie, was Verzweiflung bedeutet? Haben Sie eine Ahnung, was das meint? Nach dieser ganzen langen Geschichte, den neurologischen Diagnosen, den Reha-Kliniken.«

»Ach, die Geschichte, alle meine Klienten haben eine lange Geschichte und was da für eine Vorerkrankung ist, das ist für mich ja ganz unerheblich, ich muss mit dem arbeiten, was da ist, da bin ich ganz realistisch. Da muss man ganz realistisch sein. Und die Psychose haben die ganz gut im Griff. Der ist gut eingestellt. Das machen die da wirklich gut.«

»Was'n für 'ne Psychose?«

»Ach, das ist grad erst aufgetreten und war nur 'ne ganz kurze Phase. Ich hab da gar nichts gesagt. Das darf ich ja gar nicht. Und Fräulein Kreutz, jetzt hören Sie mir mal gut zu, ich sag das jetzt ganz deutlich: das ging nicht mehr im Martinihof, da waren ja auch Drogen im Spiel, das wussten Sie, oder?«

»Klar.«

»Kokain oder so.«

»Malik kifft. Viel.«

»Na, das ist ja egal, was das jetzt war.«

Ich lege auf. Ich habe mit einem Sozialarbeiter gesprochen, der keinen Unterschied zwischen Marihuana und Kokain macht. Da weiß mein Opa besser Bescheid und der war Schuhverkäufer, nicht Sozialarbeiter.

*

Du wirst nie arbeiten.
Du wirst dich nie auf Urlaub freuen.
Auch auf nichts anderes.
Du lebst in der Hölle.

Du hältst dich jetzt für Jesus, was ich irgendwie
nachvollziehen kann, wobei ich bezweifle,
ob du weißt, was Jesus ist. Und ich bin nicht
der Erzengel Gabriel, gewöhn dir das mal ab,
und dein Vater ist auch nicht Gott,
der ist nämlich tot.
Ich wünschte dir so, dass du endlich sterben
kannst.
Ich werde das nicht tun, ich bin dir das nicht
schuldig.

Neuigkeiten. Jedes Mal, wenn meine Mutter bei Malik war, ruft sie an.

»Ach, heute war ich bei Malik und dieses Mal war er, also dieses Mal …«

»Mama, ich hab dir doch schon gesagt, ich will das nicht mehr hören, bitte keine weiteren Informationen, ich kann da nicht helfen und ich muss mich auch um mich …«

»Genau. Also heute war Malik nicht fixiert, und der Pfleger war ganz nett zu mir.«

»Das ist ja toll.«

»Er sagt, sein Vater ist Gott.«

»Der Pfleger?!«

»Neein, der Vater von Malik ist Gott, sagt Malik.«

»Na, in Jo's Büro können sie göttliche Beratung sicher gut brauchen.«

»Ach, hör doch ma' auf, Clo.«

Meistens ähneln sich die Gespräche. Manchmal war der Pfleger nett, mal nicht, mal hat sie keinen Parkplatz gefunden, mal hat Malik was gesagt, mal nicht. Mal hat er religiöse Wahnvorstellungen. Meistens war er fixiert.

Jetzt ruft sie an, während ich mitten in den Endproben bin.

»Hallo, Clöchen.«

»Mama, ich kann grad nicht, ich bin in den Endproben, ich hab keine …«

»Genau. Also, heute war ich bei Malik und dieses Mal war er, also dieses Mal …«

»Stop«, sage ich, »du, ich kann grad nicht, hier ist Land unter, Freitag ist Premiere, wir haben gerade alles umgestellt und alle schreien sich an oder …«

»Ach. Weißt du, ich war grad bei Malik und da ist eine Pflegerin.«

»Mama.«

»Und diese Pflegerin, also die ist 15 Jahre älter als er und die sieht, die sieht nicht so gut aus. Aber na ja, kann sie nichts für, obwohl. Also diese Pflegerin, die hat auch schon eine Tochter, aber die ist fast erwachsen. Wobei, sie ist ja Mitte vierzig. Deswegen. Und die hat sich verliebt. Also, die Pflegerin in Malik. Da war er fixiert und, na ja«, sie zögert, »wobei, das weiß ich nicht.«

»Ja. Tut mir leid«, seufze ich.

»Die will mit ihm zusammen sein.«

»Tut mir noch mehr leid.«

»Nun sei mal nicht zynisch. Aber du hast schon recht, einfach ist er nicht.«

»Das kann man wohl sagen.«

»Also sie will mit ihm zusammen sein und fliegt jetzt wahrscheinlich raus.«

»Ich hab ja gesagt, sie tut mir leid. Und jetzt?«

»Siehst'e, jetzt interessiert's dich doch. Er hat gesagt, er will auch, aber nur, wenn sie zwanzig Kilo abnimmt.«

»Und?«

»Jetzt ist sie auf Diät.«

Jawort. Ich sitze auf einem grauen Stuhl in einem grauen Standesamt in Mittelfeld. Grad noch geschafft. Beinahe wär ich zu spät gekommen. Ich bin auf dem Weg von Hamburg nach Bielefeld, weil ich da morgen vorspreche. Ob ich nach Bielefeld möchte, weiß ich nicht, aber von irgendwas muss ich leben. Zur Not eben in Bielefeld. Dass die Hochzeit genau in meinen Terminkalender passt, ist Zufall.

Der Zug hatte Verspätung und ich hab die allgemeine Begrüßung und das Warten vor der Tür verpasst. Ich bin ganz froh, dass ich das verpasst habe. Jetzt sitze ich im Standesamtpublikum und schau mir Malik und seine zukünftige Frau Dagmar an. Dagmar ist nicht hübsch und sieht auch nicht besonders dünn aus, obwohl sie zwanzig Kilo abgenommen hat. Ich sehe ihr Profil. Lange, dünne, blondgefärbte Haare, Hakennase, fliehendes Kinn. Sie ist mindestens 180 cm groß. Eine blonde Riesin. Ich weiß nicht, um wen man sich mehr Sorgen machen sollte. Beide lächeln. Sonst lächelt hier keiner. Es sind auch nicht viele da, zwei alte Freunde von Malik, Josh natürlich, meine Mutter, Maliks Vater und seine Freundin. Es sind noch viele graue Stühle frei. Von Dagmars Seite scheint niemand da zu sein. Ich kenne alle Anwesenden außer Dagmar. Ich überlege, ob ein guter Maskenbildner das Aussehen von Dagmar retten könnte. Wahrscheinlich nicht. Die Standesbeamtin sitzt dem Brautpaar gegenüber an einem Bürotisch mit einer gelben Tischdecke. Vor ihr liegen ihre Unterlagen, sie redet irgendwas von einer ganz besonderen Hochzeit und einer besonderen Situation. »Die auch für mich neu ist und eine Herausforderung. Wie auch diese beiden jungen Menschen eine Herausforderung annehmen.« Ich gucke in die Runde, ob sonst jemandem aufgefallen ist, dass das absurd ist. Dagmar ist 43, wieso jung? Alle gucken konzentriert und ernst nach vorn. Ich höre weiter der Standesbeamtin zu: »Sie beide entscheiden sich heute hier, ihr Leben ab jetzt gemeinsam zu gehen. Ich wünsche Ihnen viel Glück bei diesem Weg.« Ich beobachte Malik in seinem Rollstuhl. Wenn er das wahrgenommen hat, hat er sich entschlossen, nicht zu reagieren. Besser als rumschreien. Und jetzt kommen wir zum wesentlichen Punkt bei einer Hochzeit und ich bin froh, dass die Standesbeamtin auf »bitte erheben Sie sich« verzichtet. Sie räuspert sich: »Ich frage Sie, Dagmar Siebenbeutel, ist es Ihr freier Wille, mit dem hier anwesenden Herrn«, sie schaut kurz in ihre Unterlagen, »Malik Rabe, die Ehe einzugehen, so beantworten Sie meine Frage mit Ja.« Dagmar haucht ihr Ja und es geht weiter. »Ich frage Sie, Malik Rabe …«

Malik schreit: »Jesus!«

Die Standesbeamtin schaut von ihren Unterlagen auf. Es ist still. Dann streicht Dagmar Malik übers Knie und sagt: »Ach, Schätzelchen, sei doch lieb.«

»Sieea waeiiiß nichtt, daaas iach Jesus bian. Sie soll das saagen.«

»Mäuschen, davon will ich nichts hören, nicht hier.« Ich wundere mich, wie eine so große Frau eine so kleine Stimme haben kann. »Ruuhe!«, schreit Malik Dagmar an, die ungerührt weiterredet. »Das war doch grad alles so schön. Und Schatz, ich glaub nicht, dass die Frau das macht. Wir können später reden, ok? Ach, Mäuschen. Du machst das jetzt schön, ja? Wir wollen doch gleich noch was Leckeres essen. Schätzchen, sei doch bitte lieb, ja?« Die Hünin mit der Micky-Maus-Stimme streichelt Malik weiter übers Knie und die Standesbeamtin guckt weiter geradeaus. Moritz, ein alter Freund von Malik, wendet sich an die Standesbeamtin: »Entschuldigen Sie, wenn ich mich einmische, aber Malik ist manchmal schwer zu verstehen, deswegen übersetz ich grad mal. Er möchte, dass Sie ihn Jesus nennen.« »Iach bian Jesus«, sagt Malik, er lächelt nicht mehr. Die Standesbeamtin kommt zu sich und blättert wieder. »Das kann ich leider nicht tun, ich muss mich da an die Vorschriften. Er müsste dann eine

Namensänderung. Das könnten Sie hier im Hause. Aber ich weiß nicht, ob das durchgeht.«

Jetzt mischt sich Josh ein, er wendet sich an Malik: »Hey, Malik, das hat sie doch grad gesagt«, er dreht sich zu mir.

»Claudette, du hast das auch gehört, oder?«

»Ja«, sage ich, »ganz deutlich, Malik Jesus Rabe.«

Jetzt ist Moritz dran. »Da wir das gehört haben, müssen Sie das nicht noch einmal wiederholen, Frau Standesbeamtin, gesetzlich ist eine einmalige Nennung des Namens völlig ausreichend.« Malik sieht verunsichert aus, er dreht sich um und schaut in die Runde. Alle nicken ihm aufmunternd zu. Die Standesbeamtin schaut wieder nach vorn, atmet hörbar ein und fährt fort: »Gut, also, genau, He…, ist es Ihr freier Wille, mit der hier anwesenden Frau Dagmar Siebenbeutel die Ehe einzugehen, so beantworten Sie meine Frage mit JA.«

»Jaay!«, sagt Malik.

»Nachdem Sie beide meine Frage mit JA beantwortet haben. Erkläre ich Sie nunmehr kraft Gesetzes zu rechtmäßig verbundenen Eheleuten.«

Jetzt werden noch die Ringe ausgetauscht. Danach verabschiedet sich die Standesbeamtin sehr zügig. Wir stehen draußen im Foyer zum Umarmen und Beglückwünschen, und die beiden wirken ganz zufrieden. Im Anschluss geht's zum Chinesen nebenan. Maliks Vater hat einen Tisch bestellt. Mir ist nicht ganz klar, warum Dagmar heiraten wollte. Vielleicht, um ihren Nachnamen loszuwerden.

Ich esse Ente süß-sauer. Dagmar erzählt von der neuen gemeinsamen Wohnung, die sie eingerichtet hat und dass sie Tiere anschaffen will, vielleicht einen Hund. Im Hintergrund läuft leise Radio, Falco, »Out of the Dark«. »Und vielleicht ein Kind«, sie lächelt. Zum Glück gibt es so etwas wie eine biologische Uhr. Ich sage, »Kinder sind toll. Aber sich um ein Kind kümmern und um Malik, das wird sicher ein volles Programm.«

»Ja, stimmt, ich hab schon mein Baby«, sie streichelt Malik wieder übers Knie. Sie erzählt, dass sie sich einen neuen Job suchen will, weil irgendwoher Geld kommen muss. »Aber nix mit Behinderten mehr.« Jetzt hat sie auch ihren eigenen Behinderten, denke ich. »Vielleicht was mit Alten oder was mit Kindern oder«, sie hält kurz inne und lächelt, »ich berate Menschen beim Einrichten. Da hab ich ein Händchen für. Ihr müsst unbedingt noch die neue Wohnung angucken.« Ich verspreche, die Wohnung anzuschauen und esse weiter Ente. »Und schmeckt's?«, fragt Jo. »Sehr lecker«, sage ich, auch die anderen am Tisch stimmen zu.

»Schönes Chop, super suey«, sagt Josh.

»Oh, eine Alliteration«, bemerkt Jo.

»Eine was?«, fragt Dagmar.

»Aa-lit-eeraioooaan, Daagmaar duue duammes Diang.« Jetzt schauen alle begeistert zu Malik und Dagmar steigen Tränen in die Augen.

»Das war ziemlich klug von Malik, ist alles gut, Dagmar«, versuche ich zu retten, »er hat erklärt, was eine Alliteration ist.« Jetzt sieht sie hilflos aus und sie tut mir leid.

»Dagmar, das dusselige Dromedar«, sagt Josh, »wäre zum Beispiel auch eine Alliteration.«

»Oder Malik macht Mist«, sage ich. Dagmar lacht, aber ich glaube, sie hat nicht verstanden, wovon wir reden.

Ich verzichte auf weitere Erklärungen und frage nach Nachtisch. Es gibt gebackene Banane mit Vanilleeis. Die Banane ist trocken und sehr süß. Ich höre den anderen zu, die versuchen, Konversation zu machen und schaue mir die China-Deko im Restaurant an. Rote Plastikdrachen und rote Troddeln. Inzwischen läuft im Radio »I'm blue Da ba dee da ba di«. Bei *»Da ba dee da ba di«* singt Dagmar leise mit. Nach dem Essen gibt's Glückskekse. Malik hat: »Auch eine Reise von 1000 Meilen fängt mit dem ersten Schritt an.« Ich schenke ihm meinen. »Komm auf die dunkle Seite. Wir haben Kekse!«, steht da.

Die neue Wohnung von Dagmar und Malik ist nicht weit. Ich gehe zu Fuß. Die anderen fahren. Ich gehe unterm Messeschnellweg durch und überquere zwei vierspurige Straßen. Einfamilienhäuser und Neubausiedlungen. Die Wohnung ist auch in einer Neubausiedlung, im zweiten Stock. Die andern sind schon weg und Malik hat sich hingelegt. Dagmar bietet mir einen Kaffee an und führt mich durch die kleine dunkle Wohnung. Der Rundgang ist schnell zu Ende. Die Einrichtung ist neu und sieht aus, als wäre sie gestern von Möbel Kraft geliefert worden. Helle Kiefer und gemusterte Bezüge, babyblau und rosa. Von Maliks alten Sachen sehe ich nichts, außer seiner Stereoanlage. Ich frage bei Dagmar nach und sie erklärt mir, dass vieles aus dem Martinihof kaputt ist oder zerkratzt. »Das hab ich alles zum Sperrmüll gebracht, das war nichts mehr.« Ich hätte lieber einen zerkratzten Tisch von Steinhoff als einen neuen von Möbel Kraft. Dagmar redet weiter: »Ach, ich freu mich drauf, wenn alles fertig ist. Das wird perfekt. Die Nachbarn unter uns sind Rentner, beide schwerhörig. Falls Malik mal laut Musik hört.

Aber das macht er ja nicht. Der ist ja ein ganz Lieber. Das wird hübsch, das wird hübsch werden. Bilder müssen wir noch aufhängen aber das hat Zeit.« »Klar«, sage ich, »da würde ich mir auch Zeit lassen. Kommt erst mal an. Malik hat übrigens tolle Fotos gemacht, da gibt es sicher noch welche.« »Ja, ich weiß, er muss sehr begabt gewesen sein.«

»War er«, sage ich. Dann trinke ich meine Tasse Jacobs Krönung aus und verabschiede mich, um am nächsten Tag nach Bielefeld zu fahren.

Bielefeld ist Mist und genauso öde, wie ich es mir vorgestellt habe. Auch die Fotos vor dem Theater machen mich nicht neugierig. Das Leitungsteam findet sich sehr wichtig und mag mich nicht. Ich hätte denen gern gesagt, dass ich sie auch nicht mag und dass sie sicher furchtbar langweiliges Theater machen. Aber ich halte meinen Mund, man weiß nie, wo und wann man sich wiedertrifft. Ich fahre zurück nach Hamburg und ich freue mich nicht auf die neue WG. Das Zimmer ist schön, aber ich bin die Einzige, die putzt, obwohl ich am wenigsten da bin. Ich arbeite ein paar Monate in Stendal, danach in Hildesheim, Neuwied und Ludwigshafen. Eigentlich ist Hannover doch ganz schön.

Die Jahrtausendwende verbringe ich mit meinem neuen Freund an der Ostsee. Im März besuche ich Malik.

Ich klingele und es macht Ding Dang Dong, der Summer folgt sofort. Diesmal nehme ich den Fahrstuhl. Dagmar steht in der offenen Tür, hinter ihr ist Malik im Rollstuhl. »Haaay«, sagt Malik, ich antworte, »Na« und begrüße Dagmar. So sieht also ein Jo-Jo-Effekt aus. Aus der Wohnung kommt mir ein unangenehmer Geruch entgegen, Zigaretten und billiges Parfum. In dem kleinen

Flur ist es fast neblig vom Rauch. Vom Flur gehen Dagmars Zimmer, das Bad und das Wohnzimmer ab. Dagmar führt mich ins Wohnzimmer und bietet mir, wie beim letzten Mal, Kaffee an.

»Gern«, sage ich. Ich kann von hier aus in Maliks Zimmer schauen, in dem das Bett und ein Schrank die einzigen Möbelstücke sind. In dem Zimmer hängen keine Bilder an der Wand. Sonst sind hier jetzt viele Bilder. Naive Malerei, Bäumchen, Porträts von Frauen in Glitzer, Pferde, die durchs schäumende Meer galoppieren, alles ist gerahmt und sieht aus, als wäre es, so wie es da hängt, im Baumarkt gekauft. Vor dem Wohnzimmer ist ein Balkon, der mit einem Netz verkleidet ist. Dagmar bemerkt meinen Blick und sagt, »wegen den Tieren«. Bis jetzt habe ich keine Tiere gesehen. »Foxi versteckt sich vor Malik, seitdem er ihr mit dem Rollstuhl über den Schwanz gefahren ist.« »Jaa«, sagt Malik und grinst dabei. »Ja, das war gar nicht lieb von dir«, sagt Dagmar und wuschelt Malik durch die wenigen Haare. Ich schaue mich um nach Foxi und sehe einen weißen kleinen Hund, der sich an der Wand herumdrückt. »Das ist Poldi«, sagt Dagmar, »na komm mal her, Poldi, na komm mal her, wir haben Besuch, die Clo ist da.« Jetzt kommt der Hund vorsichtig auf mich zu. Ich gehe auf die Knie und strecke ihm meine Hand entgegen, damit er riechen kann, mit wem er es zu tun hat. Der Hund schnuppert an meiner Hand und fängt an, mit dem Schwanz zu wedeln. Er hält dabei einen deutlichen Sicherheitsabstand zum Rollstuhl. Ich frage mich, was wohl Foxi ist. Hoffentlich keine Ratte. »Ich mach Kaffee, ok?«, sagt Dagmar und geht in die kleine Küche, die auch vom Wohnzimmer abgeht. Während ich den Hund streichele, schaue ich mich weiter um. Das letzte Mal ist mir aufgefallen, dass es dunkel ist. Jetzt ist es auch dunkel, obwohl die Sonne scheint. Es liegt daran, dass in allen Räumen die Jalousien heruntergelassen sind. Die Lampen haben maximal 40-Watt-Birnen. Ich stehe auf und muss husten. Der Nebel ist hier noch dichter als im Flur. Ich streiche mir die Hundehaare von den Händen und wende mich zu Malik. »Na, wir haben uns noch gar nicht richtig umarmt, komm mal her Kleiner.« Ich beuge mich zu Malik und nehme ihn in den Arm. Er riecht stark nach Rauch und nach billigem Deo. Sein Lieblingsparfum ist Fahrenheit. Immer wenn ich das irgendwo rieche, denke ich an Malik. Das nächste Mal muss ich ihm das mitbringen. Malik fummelt eine Zigarette hervor und steckt sie an. Das sieht gefährlich aus, gelingt aber erstaunlich gut. »Wie geht's dir denn?«, frage ich. Er schaut mich an und es dauert ein paar Sekunden, bis er antwortet: »Guuuat.« »Na, das ist doch gut«, ich setze mich an den Wohnzimmertisch, der auch der Esstisch ist und streichele wieder den weißen Hund.

Erst jetzt merke ich, dass ich beobachtet werde. Im Regal, in dem ganze drei Bücher stehen, auf dem Sofa, auf dem Fernseher, überall sind Puppen drapiert. Porzellanpuppen in historischen Kostümen, die mich beobachten. Malik folgt meinen Blick und schaut dann zu mir. »Ich bin Jeessuas.«

Dagmar kommt mit dem Kaffee aus der Küche. Sie sieht mich, wie ich vor dem Regal stehe und mir eine von den Puppen genau ansehe. »Ja, das leisten wir uns. Geld ist zwar knapp, aber an den schönen Dingen soll man nicht sparen.«

»Stimmt«, antworte ich. Die Puppen erinnern mich an *Shining*. Dagmar hat ein Tablett dabei. Auf dem Tablett stehen zwei Kaffeetassen, ein Plastikbecher von Ikea mit

Strohhalm, eine Kaffeekanne aus Glas und ein Tetrapack Rotwein. Sie stellt das Tablett auf dem Tisch ab, schenkt Kaffee in die Kaffeetassen, dann schenkt sie Rotwein in den Plastikbecher und gibt ihn Malik. Malik hält den Becher mit zwei Händen. »Malik mag Rotwein«, sagt sie. »Weiß ich«, antworte ich und nehme mir eine Kaffeetasse. »Hast du Milch?« Dagmar geht in die Küche und kommt mit einem Kännchen Milch zurück. »Leider hab ich keine Kekse im Haus.« »Macht gar nichts, ich werd eh zu fett.« Ich kann das leider nicht mehr runterschlucken. Ihr gegenüber über Fettigkeit zu sprechen, ist nicht nett. Im Vergleich zu ihr bin ich eine Feder.

Wir trinken unseren Kaffee und schauen durch den Nebel zum Balkon. Das Netz ist sehr dicht. Ich fühle mich, wie in einem U-Bahn-Wagen. Alle gucken aus dem Fenster, obwohl man nichts sieht. Es klingelt. Ding Dang Dong. Dagmar greift in ihre Hosentasche und gibt Malik einen 50-Mark-Schein. Malik setzt sich in Bewegung und rollt Richtung Eingangstür. »Der Grasjunge«, sagt Dagmar. Ich schaue sie fragend an. »Das sagt Malik, Grasjunge. Der Malik, der hat ja Humor. Ich möchte das eigentlich nicht, deshalb muss er zur Tür. Damit hab ich nichts zu tun.«

»Wie alt ist denn der Grasjunge?«

»Na, das ist kein Junge mehr, der ist schon zwölf.«

»Hm.«

Malik kommt zurück, legt die fertig gebauten Joints in seinem Zimmer ab und rollt wieder zu uns.

»Aber es tut ihm ganz gut, das muss man sagen, Malik wird dann viel ruhiger, nicht wahr, Malik?« Malik antwortet nicht und Dagmar redet weiter, als würde er nicht mit am Tisch sitzen. »Zurzeit ist er sehr psychotisch und da helfen die Medikamente leider auch nicht.«

»Und Kiffen hilft?«, frage ich. Sie stockt und sagt: »Na, ich lass euch mal allein, ihr habt bestimmt viel zu bereden nach so langer Zeit.« Sie schenkt Malik noch was von dem Rotweinzeug ein und verlässt den Raum. Malik steckt sich die nächste Kippe an.

»Duaaa biaaast dear Errrrrzengel Gaabrrrriel.«

»Was bin ich?«

»Gaaabrrrriel.«

»Sorry, ich versteh dich nicht. Deine Sprache ist schlechter geworden, gehst du noch zur Logopädie?« Auf einmal steht Dagmar in der Tür, sie übersetzt: »Er sagt, dass du der Erzengel Gabriel bist.« Danach geht sie sofort wieder.

»Malik, das wüsste ich. Mein Freund weiß auch nix davon, dass ich ein Engel bin. Tut mir leid.«

»Duaaa biaaast dear Errrrrzengel Gaabrrrriel.«

»Du kannst meinetwegen denken, was du willst. Ich sag nur, ich bin kein Erzengel Gabriel.«

»Duaaa biaaast dear Errrrrzengel Gaabrrrriel!«

»Ich mach mal die Balkontür auf, nicht? – 'n bisschen Luft ist bestimmt ganz gut.« Ohne die Antwort abzuwarten öffne ich die Balkontür und nehme dankbar einen Atemzug frische Luft.

»Hast du was von Josh gehört?«, frage ich von da.

»Jjaa, wiiial zu meineeem Gburrstttg koooam.«

»Das ist doch schön.«

»Ichhhh bian müüaaade.«

Dagmar kommt wieder rein, als wäre sie bestellt. Auf dem Arm hat sie eine rotbraune Katze, die sich dort offensichtlich nicht wohl fühlt. »Ja, Malik braucht sehr viel Schlaf, das ist leider so. Er steht auch so früh auf. Nach wie vor der Klinikrhythmus, nicht Schätzchen. Schau mal Clo, das ist die kleine Foxi, ist die nicht süüß.« Dagmar redet ungerührt weiter, während die Katze verzweifelt versucht, sich aus ihrem Griff zu befreien. »Unsere kleine, miese Katze«, sie lacht, »hach, das war doch nur ein Scherz, eine Mieze bist du.« Sie drückt der Katze einen Kuss zwischen die Ohren.

»Schlaaampe!«, ruft Malik und ich weiß nicht, ob er Dagmar oder die Katze meint. Da Dagmar nicht reagiert, muss es wohl an die Katze gegangen sein. Dagmar schließt die Balkontür, lässt die Katze los, die sofort abzischt, und geht in Maliks Zimmer. Sie kommt zurück mit einem Joint, den sie wortlos an Malik reicht. Dann geht sie wieder.

Malik greift nach seinem Feuerzeug, zündet den Joint an und ruft erneut:

»Iichhh bian Jesus.« Er nimmt einen tiefen Zug.

»Jesus fährt seiner Katze nicht über'n Schwanz«, antworte ich und nehme einen Schluck Kaffee.

Malik lacht, schaut mich an und sagt: »Deeein Buaasen ist gröaßer gewoaaarden.«

»Danke für die Info.« Er wendet sich zu mir, hebt beide Hände und fasst mir an die Brüste. Wie ein Mechaniker, der zwei Muttern gleichzeitig reindrehen will. Ich versuche, ihn abzuwehren, aber ich bin zu spät und er ist zu kräftig.

»Ok, Malik«, sage ich, »das war's. Es gibt so was wie Aktion und Reaktion. Jetzt kommt die Reaktion. Was heißt: Ich verabschiede mich hier.« Auf einmal steht Dagmar in der Tür. »Willst du schon gehen, Claudette?« Sie begleitet mich zur Tür.

An der Tür spreche ich sie auf das knappe Geld an. »Du hast vorhin gesagt, es ist eng, wieso denn? Was ist mit dem Verkauf vom Martinihof?« »Da ist leider gar nichts übrig. Das hätte ich auch gern, das kannst du mir glauben. Obwohl ich gern arbeite und die Kleinen in der Kita, die haben mich alle lieb. Die haben mich da alle lieb.« Sie macht eine kleine Pause und holt Luft. »Wobei das manchmal wirklich schwierig ist, so ungezogen wie die sind. Aber da greif ich durch, das kannst du mir glauben. Ach, weißt du, Claudette, ich muss hier so oder so mal raus. Und: Wenn ich zu Haus Ruhe hab, ist das auch ganz schön.«

Ein Jahr später fahre ich wieder hin. Mit Fahrenheit in der Tasche. Dagmar bedankt sich. »Oh, das ist aber was Gutes, schau mal Malik, das war aber richtig teuer.« Mit diesen Worten stellt sie es oben auf den Schrank. Unerreichbar für Malik. Entweder es gibt gutes Parfum nur sonntags oder sie will es später bei Ebay verkaufen.

Mir tränen die Augen und ich bemerke, dass es im Bad keinen Spiegel gibt. Den Lidstrich ziehe ich nach Gefühl. Wie ein Kind, das mit Mamas Schminkkasten spielt. Sieht wahrscheinlich nicht so doll aus. Zurück im Wohnzimmer, versuche ich den Hustenreiz zu unterdrücken. Im CD-Player laufen die Cure. *»I'm in the room without a light. The room without a view.«*[9] Ich frage Malik nach den CDs, die ich für ihn gebrannt habe. Dagmar antwortet, ehe Malik den Mund aufmacht: »Die hört er nicht.« »Echt, Malik? Da waren so schöne Sachen dabei, Stereo Total mochtest du nicht?« Ich bekomme keine Antwort und gehe zum CD-Regal. Ich gucke, was da noch so steht. Beasty Boys, Asian Dub Foundation, Sterne, Notwist. Ich drehe mich um zu Malik. »Hier, ›Neon Golden‹, das

9 The Cure, »Torture«, 1987

ist ein absolut schönes Album. Grad rausgekommen, von wem hast du das denn?« Malik antwortet nicht und wir hören Cure. »Weißt du, die Zeiten ändern sich und die Musik auch«,[10] sage ich. »Eeegaael«, antwortet Malik und steckt sich die nächste Kippe an. »Und kannst du das mal lassen mit dem Rauchen oder wenigstens einschränken. Ich steh heute Abend auf der Bühne und singe. Man kriegt hier drin echt keine Luft.« Malik raucht weiter und ich öffne die Balkontür, die Dagmar gleich darauf schließt. Ich gehe, als Malik mir mit Absicht über den Fuß fährt.

Hamburg. Heute sind es sieben Nachrichten. Schon wieder. Sieben Sprachnachrichten, die ich ungehört lösche. Die erste wurde 5.20 Uhr gesendet, die letzte 6.02 Uhr. Ich habe Malik oft erklärt, dass ich das nicht möchte. Eine Nachricht reicht, eine Nachricht um 5.20 Uhr ist eindeutig eine Nachricht zu viel. Ich arbeite, ich arbeite oft bis spät, und ich brauche meinen Schlaf. »Waaan koooamst du?« Ich sperre seine Nummer.

»Malik ist im Krankenhaus«, sagt meine Mutter am Telefon.

»Und?«

»Wollt ich nur sagen.«

»Jetzt hast du's gesagt.«

Es ist kurz still in der Leitung, danach erzählt sie, ohne Luft zu holen.

»Er ist in der Hautklinik. Der wurde gestern in die Hautklinik eingeliefert. Gestern Morgen. Die Dagmar

10 Zitat: Diane Forman in »Trainspotting«

hat ein ganz schlechtes Gewissen. Hab grad mit ihr telefoniert. Aber da kann sie wirklich nichts für. Obwohl, ist auch egal. Er hat sich geduscht. Wegen der Dusche ist er in der Klinik. Also er wollte duschen, er duscht ja allein. Das schafft er ohne Hilfe. Und da stand zufällig Abfluss-Fix, da wo sonst das Duschzeug steht. Ja, und das hat er dann genommen.«

Ich stelle mir vor, wie ich so in der Dusche stehe und da hingreife, wo ich sonst auch immer hingreife und mich da einseife, wo ich mich sonst auch immer als Erstes einseife.

»Das tut mir leid. Das tat sicher weh.«

»Alles verätzt«, sagt meine Mutter, »der ganze Penis. Der Dagmar tut das wirklich leid. Hat sie halt vergessen wegzustellen.«

Dagmar ist ein seltsamer Mensch. Ich google sie und finde sie auf FB. Ihr Titelbild ist die Schwarze Sonne, aus sich hat sie einen Deutschen Schäferhund gemacht. Das ist keine Sonnenfinsternis. Und das ist mehr als ein dunkler Schatten. Das ist die Abwesenheit von Licht.

Das Land ist düster, der Himmel bedeckt. Noch zieht kein Sturm auf. Kein Sturm, nur trübe Tage. Es ist kalt. Das Königreich ist längst verloren und wir, wir sind schon lange keine Königskinder mehr.

*

Ich stehe an deinem Bett und flüstere in dein Ohr: Es ist vorbei, du hast es geschafft. Jesus. Jetzt kommst du mit mir. Alles wird gut. Wir packen deine Sachen. Dann sind wir auf dem Weg. On the road to nowhere.

Es ist gut. Komm, nimm meine Hand. Wir werden leben und schlafen und schlafen und leben. Das Leben wird gut sein und der Schlaf auch. Es ist vorbei. Komm. Du hast es geschafft.

Ich stehe nicht an deinem Bett.

Über was reden wir denn. Wir reden über dich und mich und da du nicht mehr da bist, muss ich alleine reden. Wir reden über Schmerz.

Ich konnte dich nicht vor dem achtköpfigen Drachen beschützen. Nicht vor dem Monster mit den blutunterlaufenen Augen und ich konnte das Schwert des Feindes nicht mit meinem Körper aufhalten. Aus dem Treibsand konnte ich dich nicht hervorziehen, ohne selbst hinabgezogen zu werden. Den Griff der schwarzen Hand konnte ich nicht verhindern, dich nicht der Feuersbrunst entreißen, dem winselnden Pferd nicht den Gnadenschuss geben. Vor der großen Sintflut konnte ich dich nicht in die rettende Arche heraufziehen. Ach. In der Arche hätte es doch nur Ärger mit den anderen Tieren gegeben.

Die Raben fressen jeden Tag dein blutendes Herz.

Ich erreiche deine ertrinkende Hand nicht. Ich fasse dich, aber ich kann dich nicht halten. Du bist ja viel zu schwer. Du entgleitest mir. Unablässig greife ich nach. Erfolglos. Ich öffne meine Hände und du fällst. Du fällst in die bodenlose Tiefe.

Du bist Jesus. Ich bin kein Engel. Du bist nicht Jesus und ich bin ein Engel. Ich habe keine Flügel, ich bin nicht ein Engel. Was braucht die Welt Engel? Du rufst: Vater, warum hast du mich verlassen, aber dein Ruf verhallt antwortlos. Der Himmel reißt nicht auf und öffnet die Wolken für den göttlichen Sonnenstrahl nicht.

Du rufst, du brüllst. Ich renne und kämpfe gegen den Wind. Du rufst, du brüllst, du wütest. Es passiert nichts. Die Tage vergehen. Die Sonne geht auf, die Sonne geht wieder unter, als wäre es ihr egal. Die Folterknechte bitten, so nehmt ihn doch endlich vom Kreuz. So kann er doch nicht auferstehen, er ist ja noch gar nicht tot.

Der Wind weht, und es interessiert ihn nicht.

Hamburg

Heute. Im 10er Richtung Glatzer Straße. Ich schaue aus dem Fenster. Das hier ist garantiert der tristeste Stadtteil Hamburgs. Breite Straßen und Siebzigerjahre-Gebäude. An der nächsten Ecke, breite Straßen und Siebzigerjahre-Gebäude. Die wenigen Straßenbäume sehen unterernährt aus, als würden sie zu wenig bekommen oder das Falsche. Es ist stürmisch, wie oft in Hamburg. Die Bäume biegen sich, so weit es eben geht. Ich brauche anderthalb Stunden von zu Hause bis zur Arbeit, obwohl ich nur von einer Ecke der Stadt in eine andere fahre. Es ist nicht nur der tristeste Stadtteil, es ist auch der Stadtteil mit der schlechtesten Verkehrsanbindung. Der Bus biegt um die Ecke. Ich sehe einen Mann, raspelkurze blonde Haare, muskelbepackt. Er steht am Straßenrand und pisst an einen der Bäume. Er scheint stolz zu sein auf das, was er tut. Ich schaue zurück in den Bus. Eine Frau mit einem Kinderwagen mir gegenüber füttert ihre Tochter mit Cheeseburger. Das Mädchen kann noch nicht laufen. Es will die Cheeseburger nicht essen. Jedes Mal, wenn das Kind den Mund aufmacht, wird es mit Cheeseburger gestopft. Ich beschließe, doch lieber aus dem Fenster zu schauen. Mein Handy piept. Nachricht von meiner Kollegin. Sie kommt ein paar Minuten zu spät zum Kurs. Ich tippe »macht nix« und Smiley. Dann checke ich meine Mails. Eine neue Anfrage. Theaterkurs mit Behinderten. Mit Behinderten arbeite ich nicht. Ich schreibe zurück, dass ich an dem Termin leider nicht kann und gucke wieder hoch. Die Frau holt grad den zweiten Cheeseburger raus. Also Fenster. Ich gehe den Plan für heute durch. Das Aufwärmen mach ich ja wahrscheinlich alleine. Ich frage mich, wie Schulen auf die Idee kommen, Theater in der ersten Stunde zu unterrichten. Im Theater erreicht man um diese Uhrzeit nicht mal das Kbb[11]. Die Teenies werden begeistert sein von meinen Übungen.

Der Kurs läuft gut. Es gelingt mehr oder weniger, die gelangweilten Teenager mit Energie anzustecken. Ich frage mich, ob ich früher auch so war. So teilnahmslos. Vielleicht. Nein. Anders. Ich hab meine Unsicherheit anders versteckt. Nach dem Kurs sind die Teenies aufgedreht und ich fühle mich wie ein ausgedrückter Schwamm, als hätte jemand den Stecker gezogen. Theaterkurse sind inzwischen meine Haupteinnahmequelle. Ich dachte, es macht mich unabhängiger. Unabhängiger von der Selbstgefälligkeit vieler Theatermenschen. Aber es macht nur von anderen Dingen abhängig.

Ich gehe zur Bushaltestelle. Es fängt an zu nieseln. Zum Glück ist es nicht so voll im Bus. Ein Mann mit hellblauer Blousonjacke ranzt seine Frau in Leopardenleggins an. Ein junges Mädchen, Glitzerschuhe, Glitzershirt hebt ihren Blick nicht eine Sekunde vom Telefon. Einer Mutter mit drei kleinen Kindern ist es egal, dass die Kinder rumtoben und mit Schuhen auf die Polster steigen. Sie hat das Telefon vor dem Mund und spricht hysterisch in einer Sprache, die ich nicht verstehe. Ich schaue aus dem Fenster.

Vor dem Einkaufszentrum, grauer Waschbeton, sehe ich einen Rollstuhlfahrer. Er trägt Jeans und T-Shirt. Keine Jacke, obwohl es dafür zu kalt ist. Das T-Shirt ist ein billiges T-Shirt und es ist dreckig. Unter dem T-Shirt erkennt man einen Schwabbelbauch, der Mann ist nicht

11 Künstlerisches Betriebsbüro

besonders adipös, nur schwabbelig. Die dünnen Haare mehr grau als schwarz, Halbglatze. Südländischer Typ. Das Gesicht verzerrt von einer Spastik. Auch der ganze Körper sieht verrenkt aus, irgendwie unnatürlich. In der Hand hält er ein Dosenbier. Holsten.

Die Sonne ist weg. Sie kommt auch nicht wieder.
Der Wind weht, und wir stehen beide an deinem Grab.

Nachwort

Die Zustände in Psychiatrischen Krankenhäusern und Behinderteneinrichtungen haben sich seit den 90er Jahren sehr geändert. Die Fixierung über einen längeren Zeitraum ist heute zum Beispiel ohne richterlichen Beschluss nicht möglich. Die Zeiten ändern sich, manchmal auch zum Besseren. Auch ein Herr Riedel, der so nie existiert hat, hat sich an die damals geltenden Richtlinien gehalten. Die Tragik entsteht, wenn der falsche Mensch am falschen Ort ist. Und einen richtigen Ort für einen Menschen wie Malik Rabe gab es damals nicht. Überforderung und Missbrauch von Machtpositionen gibt es allerdings immer noch.

Musiktitel

- Stranglers, »Strange Little Girl«, 1982
- Bronski Beat, »Smalltown Boy«, 1984
- The Jesus and Mary Chain, »Just Like Honey«, 1985
- The Fall, »Paintwork«, 1985
- Talking Heads, »Psycho Killer«, 1984
- Wham, »Everything She Wants«, 1984
- The Cure, »Boys Don't Cry«, 1980
- Black, »Wonderful Life«, 1987
- Dead Kennedys, »Too Drunk to Fuck«, 1981
- Joy Division, »Closer«, 1980
- Peter Maffay, »Sonne in der Nacht«, 1985
- Nirvana, »Negative Creep«, 1989
- The Cure, »Torture«, 1987
- Killing Joke, »Love Like Blood«, 1985, »Extremities, Dirt and Various Repressed Emotions«, 1990
- Tears for Fears, »Advice for the Young at Heart«, 1989
- Patti Smith, »Gone Again«, 1996
- Sleater-Kinney, »Dig Me Out«, 1997
- Trainspotting (Soundtrack), 1996
- Knarf Rellöm, »Heiligengeistfeld«, 1997
- Tricky, »Hell Is Round the Corner«, 1995
- Portishead, »Sour Times«, 1994
- Falco, »Out of the Dark«, 1998
- Eiffel 65, »I'm blue (Da Ba Dee)«, 1999
- Talking Heads, »Road to Nowhere«, 1985

Vielen Dank an Felix Fabel. Dafür, dass er mich nicht nur mehrere Monate ausgehalten hat, um mir in der Endphase das Schreiben an diesem Buch zu ermöglichen, sondern, dass er mich jeden Tag ausgehalten hat. Ausgehalten, als geduldiger Erstleser und als geduldiger Partner einer Frau, die über nichts anderes sprechen kann als dieses Buch. Gut, dass wir immer noch verheiratet sind.

Vielen Dank an Jutta Heinrich, ohne ihre Unterstützung und Fürsprache wäre dieses Buch nie verlegt worden.

Vielen Dank an Christoph von Campenhausen für einige wesentliche Hinweise, Anna Kornbrodt, die das Testlesen wirklich ernst genommen hat, danke für den Straßenbahntest. Außerdem Dank an Annalena Maas, Agnes von Beöczy, Florian Zietz, Martin Voges und Katja Bietz.

Danke auch an die Menschen, die mich als Schreiberin unterstützt haben, deren Impulse wertvoll waren, obwohl es teilweise sehr lange her ist. Danke an Werner Buhss, den dieser Dank nicht mehr erreichen kann und an Jens Groß.

Und vielen Dank an meinen kompetenten, gelassenen und klugen Lektor Bernd Henninger.

Die bearbeiteten Briefe auf Seite 69, 121 und Seite 123 ff. sowie das Foto auf Seite 44 wurden mit freundlicher Genehmigung des Rechteinhabers verwendet. – Vielen Dank auch für die Erlaubnis, den Zeitungsausriss und die Postkarte auf Seite 26 und Seite 69 zu verwenden.

Vielen Dank an die Firma tulliogatti für die Erlaubnis, die Teneriffa-Postkarte auf Seite 156 zu verwenden, und an die ÜSTRA Hannoversche Verkehrsbetriebe für das Zusenden und die Verwendungserlaubnis des Liniennetzplans von 1992. Ebenso danken wir dafür, das Bild auf Seite 197 abdrucken zu dürfen – Fotocredit: Christian Hinkelmann (Bahn-Bus-Bilder.de).

In Fällen, bei denen die Rechteinhaber nicht festzustellen waren, ist der Verlag bereit, nach Anforderung rechtmäßige Ansprüche abzugelten.